你我只一个眼神

就知是默契旧友

主角
BOT

那些悄悄上演的心事
你可知道故事里的 AB 是谁

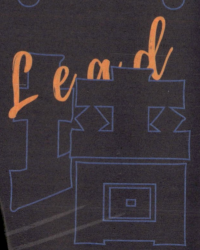

Lead

T R U

你 我 只 一 个 眼 神　便 知 是 默

真相是

伪 · 装

WE ARE
TRUE FRIENDS

WE ARE
TRUE FRIENDS

WE ARE
TRUE FRIENDS

TRUE FRIENDS

长江
CHANGJIANG

你
是我
难以言说的秘密

是我
眼中唯一的
主役

BOT-

在这个
主角 BOT 里
每一个不敢命名
都像你

WE ARE
TRUE FRIENDS

WE ARE
TRUE FRIENDS

WE ARE
TRUE FRIENDS

WE ARE
TRUE FRIENDS

WE ARE
TRUE FRIENDS

WE ARE
TRUE FRIENDS

一首关于 A 和 B 的绝世苦情歌，

A 亲自承认过创作者是以他为原型写的——

"爱你这回事，整整六年"。

A 在节目里讲了一些不能播的话，摄像师问这能播吗，A 说："为什么不能播？我的人生有什么是不能播的。"旁边不知道谁说了 B 的名字，然后 A 就说："这个不能播不能播。"

A _____   B _____

A 和 B 一起坐缆车，A 装晕把头靠在 B 的肩膀上。

B 一开始似乎有些不自在地抬了抬肩膀，结果 A 说了一句话 B 就不再动了。

A 说："不要动了，你再动就是要离开我。"

A _____   B _____

A 和 B 曾经是队友。

A 退团前两天，

B 的 ins 取关了所有人，

四年了，直到现在 B 的 ins 上都是 0 follow，再也没有关注过任何人。

A _____   B _____

A 和 B，十八九岁相识，因为容貌相似，被公司组成了组合。二人一出道便大红大紫，一时风光无两。

后来 B 因故被雪藏，紧接着，A 也遭遇麻烦缠身。

A 抗住一切压力，跟记者说，我们**不会解散**，会永远在一起。

度过**最阴暗的两年**，**两人正式复出**，在采访中，B 说："我最害怕自己会拖垮她。"

A 说："我希望她以后再也不要说'拖垮'这两个字。"

B 天生内向，眼窝子浅，A 说话唱歌的时候，她总会哭。

B 很怕陌生的人和环境，但只要有 A 在，就不会拘束。

婚礼派对那一天，B 拖着婚纱跑下台把捧花送到 A 怀里，A 哭了。

B 过生日的时候，A 偷偷扮成 B 最喜欢的米奇，给 B 惊喜。

B 在采访中说自己怕水，却很想有人带着潜水，没过多久，A 便带 B 去了马尔代夫。

B 为好友写了祝福歌，A 便把这首歌唱给 B 听，希望她永远健康。

很多年以后，AB 的师兄对 B 说："你知道吗，A 跟我提到最多的就是你的事。"

师姐说："A 生病住院时还特意嘱咐我，让我照顾 B。"

A 曾经说："我最常想的是，为什么一个人好就够了，为什么不能把'一个人好'变成'两个人都好'。"

——@ 流荃 lin

A _____ B _____

A 和 B 曾经是同团的队友。

那个年代团体不红，B 的家里欠了不少钱，实在熬不下去，B 自己还有腰伤和哮喘，就退团了。

A 的梦想是做 solo 歌手，B 曾说要当她演唱会第一排的观众。离开之前，B 把 A 喜欢的曲奇配方留给了另一位队友，答应 A，等她毕业了，自己一定会来接她。

最开始 B 大概对生活也是有希冀的，可换了几家公司，一个比一个差，最后只能"下海"了。

之后的 A 说过一句话："虽然这么说不太好，但真的好讨厌当大人啊。"

过了不算太久，团队飞升，一下子成为了国民女团，A 也成为上位的前辈。

巧合的是，后来 A 有了新的好友，组了新的 CP，CP 名与 AB 的 CP 名相同，因此之后这对 cp 再被提起，都要加上初代和二代来区分。

早年两人在公演上合作过一首歌，A 说那是她跟 B 唱过的，后来就再也不唱了。

因为成为了组合的"耻辱"，B 在博客里无数次只能以"那个人"称呼 A。

拍完第一部，B 消失过几个月，有人说 B 回来之后，

手腕上多了几道割痕。再后来，B 的妹妹满了十八岁，两人被打上姐妹花的招牌为噱头，开始一起下海还债。

再后来终于还清家里的债，B 结婚生子，开心地宣布，不用担心自己，自己已经找到幸福了，A 也送上了祝福。然而没过多久，丈夫入狱，B 又只能去酒吧站台养家。

故事回到起点，A 从团里毕业了，距离许诺之时已经过去了十一年。

毕业公演的观众席第一排里没有 B，但她还是如约而至，混在几十人的角落里，和 A 拍了最后一张合影。

在不同的人生里，A 大部分的回忆都不再是 B。

结局不是让人感伤，而是那种努力着、向上着、善良着，也依然不能逃脱真实人生的无力感。

"希望你成为普通女孩"这种祝愿，对很多人来说，都是真的祝福。

——@ 青龙应苍

A _____   B _____

以上投稿来自微博 @ 主角 bot

2020 1997

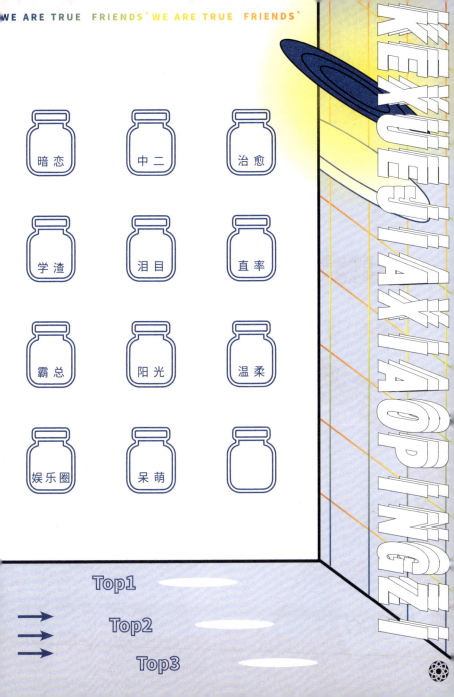

CONT 目

F 2020
*Friend
REGULAR PRICE

WE ARE TRUE FRIENDS   WE ARE TRUE FRIENDS   WE ARE TRUE FRIENDS

录 S

TRUE CP. TTT
2020 1.997

LEI

文 / 纳洛酮

黑魔头

执着的魔王

ZHIZHUODEMOWANG

WHAT IS THE TRUTH

GU

魔法校长

骄傲的天才
JIAOAODETIANCAI

那里传来的刺痛已经长进了我的身体

你是扎在我肋骨后的一根刺

文/纳洛酮
追星狗，攻苏。

楔子▷

被关押在监狱二十年后，G回到了1899年。他意识到他可以在此时杀死那个唯一能击败他的人。

01▷

G醒来时，恍惚以为到了天堂。阳光灿烂得发白，像把银亮的小刀刺痛了他的瞳孔。他慢慢坐起身，环视四周。

风吹开米白色的纱帘，轻拂过深红的窗棂，翠绿的植被遍布山野，如同墨绿的天鹅绒缎带。G有一瞬间忘记了呼吸，一种陌生又熟悉的诡异感攥住了他的喉咙。他下意识摸上脖颈，余光看到自己的手——它们在监狱暗无天日的牢笼中干瘦得像日渐衰败的枯枝，而此时却像一弯皎洁明月，白皙到发光。

G盯着它，面色出人意料地平静。屋外的鸟鸣逐渐清晰，回荡在他的耳畔。他闭起眼深呼吸几下，不知道这是命运垂怜，还是梅林给他的又一次惩罚。

姑婆备好了早餐，指挥着刀叉乖顺地停在盘子两边。

"你赖床了，G，"她笑眯眯地看着走下阁楼的少年，"昨晚你几点回来的？夜里我听到雷声，关窗时发现你不在屋里。还好雨没落进来，不然可就——"

"我感觉不太对。"G哑着嗓子说道，坐在了餐桌边。姑婆担忧地走过来摸了摸他："怎么了，男孩？你脸色很差，需要来杯热牛奶吗？"

回忆起她爱在牛奶里加过多的糖，G抑制往上涌的反胃感："哦，不用，我很好。"

他自相矛盾地说着，随手叉起一片油汪汪的培根。他很多年没见过像样的食物了，塔顶上的囚犯不配得到任何优待，到最后，似乎连死神都遗忘了他的存在。G慢慢咀嚼着，语气怪异："我从没这么好过。"

他没有一点食欲，为防姑婆看出端倪，只好勉强解决早餐。姑婆同他聊起琐事，打折的皮包、麻瓜烘焙店的杏仁粉、客厅的新花瓶。G敷衍地附和，伸手去拿茶匙。

他在抬起胳膊时下意识抚上了自己的左肋，那儿在回来的半个月前骨折了，许是某次自残导致的，又或是这副单薄的骨架已经无力支撑皮囊。它像一根刺横在那儿，呼吸，行走，最微小的动作也能牵连出痛感。在牢狱的夜里，他躺在冷硬的木板床上，每一次胸膛起伏都让他想起那根肋骨，想起那个将他亲手送入监狱，承受着比死亡更痛苦的漫长黑暗的人。

G忽然一阵烦躁，指腹自虐般压着枯木似的魔杖尖。那肋骨现在是完好的，同他整个身体一样，朝气蓬勃，一切都恍如梦境。两只蓝绿色的小鸟飞到窗台上，"嗒嗒"啄着玻璃。G猛地抬起魔杖，爆炸声过后，几片羽毛晃悠悠地落在满地的碎玻璃上。

"梅林啊！"姑婆吓了一跳，"你做什么？！"

"热身。"他冷冷地回答。

"心情不好，亲爱的？"老人放了块薯饼到他盘里，"那也不该拿鸟儿撒气，成熟可是绅士的必修课。好了，吃完这些就出去，A应该已经在路口等你了。"

G捏叉子的指节发白："我不去。"

"说什么傻话，你不是每天都盼着和A见面吗？说起来，往常天没亮你就跑出去了，今天是怎么回事？"她在那颗沉默的金色脑袋上敲了一下，"不想吃就起来找你的伙伴去。看看这一地玻璃碴儿……你们这些小年轻真令人头疼。"

十八岁的A站在路边，穿着干净的白衬衫，红发柔顺地搭在肩头，一双蓝色眼睛在看到面前的人时掩饰不住地亮起光来。G复杂地看着少年，甚至不愿相信这就是A。他们上一次见面是在什么时候？哪怕是上辈子的事情。那时候伤势未复的胜利者神情严肃，并没有看昔日翻云覆雨的黑魔王一眼，只是为他在法庭上争取到了最宽容的刑罚。

然后，G就再也没有见过A了。

"你迟到了，G。"想是他走得太慢，红发青年等不及似的几步跑了过来，"六片桉树叶被风吹落……昨天那篇论文我都默诵了三遍，你才出现。"

G的视线越过他的头顶，投向虚无的空气："那就回家去啊，还等什么。"

"我的兄弟带妹妹去放羊了，我想我们可以一直待到下午。"A心情很好，但还是敏锐地发现了对方的不对劲。"你还好吗？"他抬起手，想抚摸 G 的脸颊，"你看上去……"

金发少年条件反射般避开了，A 的手停在半空，眼里写满了诧异，G 心头一紧。

"我今天不大舒服，"他最后硬邦邦地说，"你回去吧，明天，明天我再找你。"

A 注视了他片刻，忽然笑了出来："好吧，我该习惯的，你总是这样喜怒无常。"他四下看看，然后稍微仰起头，拥抱 G 一下，"这样能让你高兴点儿吗？"他退开步子，双手背在身后，一副无辜的好学生模样。

G 仿佛被施了个石化咒，好半天才找回自己的声音："偷袭什么时候成了你的专长？"

"你昨天就这么干的，我还回来而已。"A 扬眉，朝他伸出手，"到我家去，我在书房寻到一本古籍，说不定有复活石的线索。"

哈，复活石。

"我可不想临走前还得多此一举地把所有东西归位，活像个偷情的人。"G 从鼻子里哼了一声。

"我会在他们回来前收拾好的，"A 有些讨好地说道，"走吧，读完书后，我们一起做薄荷水，新摘的凤梨薄荷，你喜欢的话——"

"我累了。"

"G？"

"很抱歉。"G 垂着眼睫，指尖轻微地颤抖。

梅林在上，这是他此生最不想见到的人——A。二十年里，他每天每夜都在嚼念这个名字，而现在 A 真的站在了他面前，却不知道自己是更想拥抱他，还是挥起魔杖，在他身上施尽所有恶咒。

"好吧，既然你执意如此。"A 很失望，但更多的是困惑，他依旧站在那，显然是想等对方进一步的解释，可他没有等到，"那，我回家了。明天见。"

G 注视着那个背影沿着来时的路走远，内心说不出的轻快。

你是否在忧虑我已经厌倦这样的生活与这样的你，亲爱的老朋友？请务必安心，我们之中率先抛下对方的，从来都只是你。

02▷

G 在屋顶上消磨了一天。傍晚姑婆做了布丁，差使他送些给 A 家。G 当然表示拒绝，然后他的姑婆就挥挥魔杖，变出一群长着四双翅膀的尾蜂，在他周身不断地"嗡嗡"飞舞。G 不胜其烦，抓起篮子出了门。

到达前院的小花园时，G 停住了脚步。A 的妹妹小疯子穿着一条蓝色连衣裙站在栅栏后边，夜幕下她的眼睛黑漆漆的，嵌在苍白面颊上仿佛冒着雾气。她歪头看着沉默的少年："A 低落一整天了，是你造成的。德国人，我说得对吗？"

G 一眼也不想看这个小女巫，他用德语说："疯子。"说完转头就走。途中随手把篮子扔在路边，布丁滚落出来，变成了一只只缺了半边耳朵的老鼠。

梅林给了他重生的机会，是想看他赎罪、洗清过去犯下的罪孽？可笑。他不稀罕这第二次生命，神若责怪他执迷不悟，尽管送他去见死神。世人总爱看这样的故事——前世杀伐，今生就做圣人；败过一回，就安分守己不再作乱；辜负爱意，这辈子就跪在对方脚边流泪。多么美好，就像童话。可惜，他是 G，他的憎恶永不消减，他的理想永不褪色。

他不按任何人希冀的方式生活，无论重来多少回，结果都是一样。

但那小疯子的话倒让他久久没能入睡。十八岁的 A 天真得令人发笑，自己几句冷淡的话语就能使他心绪难平，和那一天的他多么不同……他们面对面站在决斗场上，两道庞大的魔法光束在空中剧烈撕扯，火花四溅，染红了整片天。A 握着魔杖，长袍几近全毁，一道鲜血从额角淌下来。他望着 G，表情平静，没有一丝波澜，而他的瞳孔里，像有烈火在燃烧。那种坚毅决然的，只想送对方入万劫不复深渊的眼神，G 永远不会忘。

几分钟后，G 敲响了一扇窗，三长两短，是他们以前惯用的方式，自己居然还记得。A 出现在窗前，看上去有些惊讶，估计是以为今天之内都不会见到他了。G 坐在阳台边，一条长腿踩着窗沿："晚上好。"

那英俊张扬的笑容像是给 A 天才的大脑来了道迷魂咒。G 跳下窗落到地板上，在房间来回走了一圈。A 低头背对着他，坩埚"咕噜噜"地冒着气泡。

"在熬药？"

"妹妹这些天一直睡不好，我熬副安神剂给她。"年轻的巫师瞥了眼突然从背后抱住自己，把头搁在自己肩上的好友，低声问，"你这会儿心情又好了？"

G 答非所问地说："我想见你了。"他把鼻尖埋进那头美丽的红发，深深呼吸。洋甘菊、罗勒、羊皮纸……

A 轻声说："香茅草飞来。"现在他又多了股香茅草的味道，轻淡的柠檬香，像记忆里那样。

G 喃喃补充道："我想见你了，A。"

A 看不到他目光里的内容，笑了下："很高兴我不是一厢情愿。"

"看来你对我的误解很大。"G 轻笑，沉迷在这种缓解下来的氛围里，A 此时反而有点紧张了："我弟弟随时可能进来，等会儿，我们可以出去边走边聊……"

G 顿时失去了兴致："你可真是个称职的兄长。"他面无表情。A 抿了抿唇，责问自己为何要如此扫兴。"那等我把安娜哄睡下，"他试探地说，"我们就出去。"

"算了，尽管照顾你那蠢弟弟和疯子妹妹去，他们需要你。"G 有些恼怒地耸耸肩。

A 愕然，等反应过来，眉毛已经拧在了一起："注意你的言辞，G。"

"怎么，我有哪句说错了吗？"

"他们是我的家人。"

"哦，家人，"他讥讽地弯着唇，"那又怎样？"可悲的 A，我真厌弃这样的你，光芒黯淡，满脑子都是无用的弟妹，像个庸常俗人，永远活在家庭的阴影下，走不出愚昧的责任感。我怜悯你，但这是你应得的，如同你遇见我，是命中的劫数，你无力反抗。

红发青年陌生地望着眼前的人。几天前他还在湖边兴奋地向他描述未来，他们共同的目标，更伟大的利益。"……巫师再也不用如老鼠一般生活在下水道里，他们可以自由地走在阳光下，不必胆怯于施展自己的天赋。而你妹妹，"G 的语气温柔极了，"也一定会感到高兴的。"

A 心乱如麻，G 的前后转变，让他分不清哪一个才是真正的他，哪些才是他的真实想法。他努力让自己冷静，用最平和的语气说："既然这样，我不会再邀请你来我家，你也不必再勉强自己面对我的亲人，鉴于你是如此看不起他们。"

G 听后，竟露出了一个笑。他什么也没说，径直走到窗边，像来时那样翻身一跃。一道金色的风掠过，A 不自觉向前迈了一步。他强迫自己转过身，不去看窗外的月夜。妹妹还在房间等他……他有更重要的事要去做。

三天过去，G 果然没有来找他，A 知道对方的脾气，但还是不可避免地感到失落。中午妹妹突然大哭了起来，把家里弄得一团糟。A 修复好被她炸毁的小床，让满地杂物回到桌上，再将墙板一块块复原。他坐在前院，短暂地歇息了一会。

白云在头顶缓慢地移动，每一丝风都是干燥的，他的弟弟丢下书，自以为悄无声息地溜进了羊圈，他的妹妹在台阶上揪一朵紫罗兰，完好的花瓣被她撕开揉烂，捣出汁液："看，A，我的漂亮指甲。"她笑嘻嘻地张开手，展示杰作。

A 转过头，喷壶勤奋地在花丛上飘来荡去，厨房的洗碗池传来"哗哗"水声，扫帚打着瞌睡，不时扫走女孩脚边的枝叶。他看着这一切，忽然间觉得疲惫。

我会是历届优秀毕业生中家务咒用得最频繁的一个……他茫然地站了起来，对妹妹说："到羊圈去。"然后便走出家门，幻影移形了。

03▷

G 躺在一棵茂盛的山毛榉下，双手枕在脑后，嘴里叼着魔杖。微风拂过面庞，带来一丝凉意。他刚才做了个梦，梦里，他头发散乱，嘴角流血，跪在焦黑的土地上。未平复的火光在四周跳跃，热气蒸腾着全身，而他心如死灰。A 站在面前俯视着他，魔杖稳稳地拿在手里。

"你输了，"声音来自头顶，"你输了，G。"红发的巫师勾了勾嘴角，笑意未达眼底。多可惜，就差这么一步——G眼前发黑，耳朵嗡嗡作响，紧接着，失去了所有知觉。

金发少年从噩梦中惊醒，撞入眼帘的是一片安宁的湖。山毛榉的叶子掉在胸口，轻飘飘的。他意识到，那根本不是梦。

G把魔杖拿在手里端详，阳光从指缝间漏下来。他发现那些尘封在牢狱中二十年之久的东西正在复苏转醒，不可抵挡地占据整颗心脏。他从未忘记过它们，从未。他的理想，为之奋斗终生的信条，在一个个看不到头的黑夜里呼喊着他的姓名。他曾为无法再将它们付诸实践而恸哭哀鸣，而现在，他有了第二次机会。

他审视过去，找寻其中的疏漏，所有致使失败的须根都将在这崭新的蓝图中被拔除。他会再次站上魔法世界的巅峰，违抗梅林的旨意，完成未竟的事业。他全部的人生里，只有那一个抹不去的障碍——

G回头，A站在几步之外，轻轻喘气，额前散着几缕红发。见G看了过来，他咬咬唇，抬起下巴，一副"就知道你在这儿"的表情。

G挑挑眉，上下打量了他一番，最后停在领口："领针不错。"

A像没听见一样走了过来，抬脚踢了下G的小腿，在他旁边躺下，靠上他的肩头。

G无声地笑了。

"你比我想象的狠心多了。"过了一会，A由衷地说。

G懒洋洋地在他发顶上揉了下："你却没我想象的能忍耐。"

"我试过了，但那个地方，那里，让我感到窒息。"A深吸了口气，"我真不明白，弟弟的脑袋里究竟都装着些什么，几个咒语，我在他面前不知念过多少回，他竟然还是学不会，明明是这样简单的咒语啊。"

"是你过于苛求，指望只想与羊做伴的莽夫掌握十个字母以上的咒语。"

"我还没入学就读完了三年级的课本……"A喃喃，"同学眼里生涩冗长的魔咒对我来说学起来就像喝水一样简单。每当我看见那种惊叹混合着崇拜的眼神，都不由得想笑。我该为此感到羞愧，G。"

"而你还是会帮助他们，哪怕那些傻瓜总会给茶杯变出尾巴。"

"是的，我会，因为我仍对我所拥有的一切心存感激。"他戳戳对方腰侧，"你就不一样，没人敢向你讨教问题，坏家伙。你下一秒就会让他们昏迷。"

"在你心里我竟这么温柔，"G说，"真令我感动，A。"

"停止嘲讽，讨厌鬼。"A轻踹了一下G，"你还没为那天的出言不逊道歉。"

G含混地说："如你要求，好的。对不——"

"一点也不真心。"A同样含混地评价。

"向梅林起誓，至少在这一刻是的。"

G轻轻抱了一下A，G无时无刻不在讨厌着A，却又无时无刻不在宠溺着。

04▷

弟弟赶着羊群回家时，太阳正好落山。他哼着小调打开羊圈，抬头看见妹妹在二楼的窗边吃泡泡糖，蓝色的泡泡飘浮在四周。小女孩大喊："哥哥——"弟弟咧嘴笑了，冲她招招手。

A在客厅里写信。奇怪，他竟然没去跟那个金发小子厮混。想起隔壁那户人家，弟弟的头皮就要炸开。他第一眼见到G就不喜欢他，觉得他不像好人，可他那位天才的兄长却像被下了咒一样，整日与他黏在一起，仿佛有说不完的话。他听见过 G 和哥哥的谈话，什么巫师组织，什么圣器。全都是胡扯！每当妹妹问他 A 去了哪儿，他都想冲去外头把 A 揪回来，让他好好看看可怜的小妹。

可他也明白 A 在这里是多么孤独……狭隘的山谷配不上你惊世的才华，他时常这样讥讽 A，为的是看到对方沉默而隐忍的表情。只有他自己知道他内心也在替哥哥感到遗憾。可是有什么办法，就算是梅林，也无力掌控自己的命运啊！

A 写得很专注，羽毛笔飞快地移动，甚至没察觉弟弟走到了身后。弟弟隐约看见几行字："……你亲爱的姑婆手艺还是那么好，安娜很高兴……算时间你也该从镇上回来了，为何我还要傻瓜似的写信？想想你还要休息、用晚餐，然后我才能见到你……"

"……那天你提到拥有魔杖的人并非一定是它的主人，这观点倒很新奇，我非常感兴趣。难道力量强大的圣物会有意识地挑选主人吗？我翻遍了书架也未找到记载……你不该一个人躲起来看而不分享给我，严肃批评。"

"……我了解到一种古老的魔法，彼此信赖的巫师会在月圆之夜用魔杖划破掌心，以彼此的鲜血立誓，缔结不渝的关系。一旦结下誓言，魔法会将他们紧密相连……不会有背叛和伤害……多么美妙！只有彼此信赖之人才能……G，你愿意——"

"你，你……"弟弟惊诧地喘着粗气，红发巫师迅速回头，看到弟弟的指尖颤抖地对着自己。他的心重重一跳，在对方反应过来前，羊皮纸立刻燃烧起来。

弟弟扑过去，灰烬簌簌掉进他的手里。"你居然对他如此信赖……"

他捏着它们，像捏着兄长见不得人的秘密，"还要和那混账立什么血誓？！我全都看到了——下一步呢？嗯？你们就要一起离开了吧？！抛下我和妹妹，到德国逍遥快活去是不是——"

A 徒劳地张着嘴，感到整张脸都烧了起来。

"不是这样，"他解释，"我和 G——"

"别说了！一定是他教坏的你！我就知道他不是什么好东西！"弟弟的红发几乎竖了起来，他发着抖在地板上走来走去，"我去找他，"他突然说，"让他滚得远远的，别再给你灌输那些该死的乱七八糟的思想。"他猛地掏出魔杖，冲了出去。

05▷

G 只觉得眼前人影一晃，一道红光便劈了过来。A 的弟弟，这个蠢货。他动动手指，这个鲁莽男人的魔杖就飞了出去，整个人被拖拽着跪到了自家门前，双手绞在身后。

"G！"A 惊叫道，下意识抬起魔杖。G 的胸腔忽然轻微地痛了一下。A 的妹妹跟着哥哥们一路跑了过来，怯生生地躲在后面。G 看着这面貌相近的三个人，和这重来一回依旧缠绕着他的场景，心底冷笑。

A 的弟弟恶狠狠地瞪着 G，眼里似乎要喷出火来，一刻不停地咒骂："你这恶心的人，竟然想带走我哥哥，还让我哥哥跟你结什么血、血……呸！你们让我作呕！滚回你的德国去！别来玷污英格兰的土地！"

G 勾了勾嘴角，像一位君王居高临下地俯视着他："我不是德国人，蠢材。"他用魔杖挑起 A 弟弟的下巴，杖尖危险地抵着喉管。他的余光看见 A 立刻向前迈了一大步，浑身绷紧地说："G——"

姑婆循声从房间里走出来："天哪！孩子们！"她几乎摔在楼梯上。

G头也不回地扔了个昏迷咒过去，A的魔杖当即扬了起来，光束与对方的在空中撞到一起。

碰撞带来的震动传到他们的手心，对面那双冷漠的眼眸让A感觉自己在发抖。他不想这样，梅林啊……他咬紧牙关说："停下，停下，G。"

G心神一恍，仿佛望见了那个站在决斗场上，面无表情的男人。他看向A，这个用魔杖指着他，目光戚然，仍旧深深信赖他的A……他的肋骨抽搐般疼了起来。

"蠢货，"话是向着地上的人说的，G的眼睛却紧紧盯着对面，"你这比被山羊啃秃的草皮还不如的废物，任我再苦思冥想，也搞不懂A怎会有你这样的兄弟。但，这正是你能苟活到今天的唯一理由。听好，我只说一次——

"我不会和你哥哥结血誓，永远不会。

"也不会如你所想，带你哥哥离开这里。我和他不是一条道路上的人，绝不会走向相同的目的地。你看到的志同道合，你以为的感情，不过是这逼仄山谷带来的极度压抑与渴望。"这下他是真的在对着A了："这渴望使你盲目，让你迷失，将说谎之人看作灵魂伴侣，把幻境当成追逐的意义……"

"停下。"A嘴唇颤抖，脸上猛然褪去了所有血色，冷汗从后颈淌下来。A的妹妹呆呆地站着，显然听不懂任何一句。她真幸运。

"别担心，A，"G温柔地说，"我本以为，我早就没有心，可直到刚才我意识到，我对你居然还存有愧疚。虽然只有一点。"

他放下魔杖，解开莽汉的咒语，对方立马脱力般倒了下去。小女孩跑过去扶起他，而A的双脚像被钉在了地上。他怔怔地看着G，头一次觉得引以为傲的大脑被击溃了。他听见G说："——我不会伤害你的弟弟妹妹，A。这是我对你最后的仁慈。"

06▷

姑婆拿着魔药从阁楼上下来："替我跑一趟，亲爱的？"

G 端起茶喝了一口："不。"

"年轻人，有什么矛盾是不能坐下来解决的呢？"她唉声叹气，"A
不是不讲道理的孩子……当然，A 的弟弟脾气确实差了点，可无论如
何你们不该打架。来，跟我去 A 家，你们互相道歉，握手言和。"

G 的视线没有从报纸上离开半秒："不可能。"

老人望着他冷冰冰的神情，又叹了口气："你这固执的性子也不知
随了谁。可怜的 A，发烧几天了也没退，他妹妹眼睛都哭红了。真是
苦命的一家人……"她絮絮叨叨，端着药走了。

G 笑了一声，把手里的报纸狠狠地扔在桌上，纸张顷刻间燃起火焰。
那就病到进棺材吧，他轻快地想，正好不用我亲自动手了。

G 姑婆的魔药没有缓解一丝痛苦，A 躺在被子里，浑身像被厉火
灼烧。那天的场景反复在他脑海里重现，撕扯他，折磨他。愤怒的弟弟，
惊慌的妹妹，以及手执魔杖、阴沉的 G。记忆似乎出现了偏差，在恍
惚的记忆里，弟弟倒在地上哀号，仿佛被施了钻心咒。妹妹没有在旁
观战，而是试图拉开剑拔弩张的他们。然后，一道黑雾从她的身体里
炸开，弥漫了整栋房子。再然后……

A 头疼欲裂。事情远没有到那种难以收场的地步，这梦从何而起？
G 也并未用不可饶恕的咒语，他只是……

只是冷静得可怕，只是像个陌生人，只是告诉 A，他们之间的一

切全都是假象。他不会与他创造未来，不愿和他立血盟。他怎么能忘记……

混沌的视线里，弟弟和妹妹趴在一旁的桌上，日夜的照顾让兄妹俩疲累极了，怎么叫都没反应。

A 昏沉地转头，忽然看到了一个人。

英挺的少年站在窗边，阳光给他镀上了一层毛茸茸的金边。他慢慢走到 A 床前，单膝跪了下来。这是梦，A 睁大双眼，一定是，G 怎会做这样的举动？明灿的日光在那头金发上跳跃，模糊了对方的神情。G 伸出手，抚上 A 汗湿的额头。他没有说话，只是沉默地看着 A。A 绝望地发现，即使在梦境里，他也还是如此渴望这个人。

"这是对你的挽救，"A 听见他说，声音像一片羽毛，"你会感恩于我的，A。"然后那金色的光消失了，他再度陷入昏迷。

牵牛花谢了又开，风吹过山谷，没留下任何踪迹。弟弟把羊群赶到山坡上，自己叼了片叶子靠在树下。远处自家的屋子嵌在不远处的村落里，像一小块灰色的云。

妹妹应该午睡起来了，她现在不会总仰着头问自己 A 到哪儿去了，他们的兄长在那一天后就很少出门了，弟弟见到最多的是 A 在看书、写文章，给妹妹讲故事，然后就是久久地怔坐着。他那么聪慧，却始终找不到能让自己振作的方法。

G 倒依旧自由散漫。弟弟有几回在湖边看到他，他一个人站在那儿，湖面平静，他的表情也平静，根本不像个十六岁的少年。他翕动薄唇念了句什么，湖水骤然间翻涌起来，隆隆作响，水波向上直冲，在半空中汇聚成一条狰狞的巨龙。弟弟吓了一跳，躲回树干后，心想，真是个怪物。可 A 却为了这样一个怪物而黯然神伤，这又是为什么呢？

这天晚上的风清凉如水，云丝丝缕缕地漂浮着，一轮圆月悬挂在天边。G 躺在谷仓的稻草堆上，月光透过窄窄的窗映在他的脸上，他百无聊赖地玩着魔杖，像是在等什么人。

过不多久，门开了，红头发的青年走了进来。看见 G，他有一瞬间的怔愣，又很快恢复了自然。他们之前经常在这里读书、练习、谈天说地，所以 G 依旧可以来这儿，只是 A 不明白这还有何意义。

"晚上好，" G 首先打破了沉默，他扬着眉的样子像个无忧无虑的小少爷，"你也睡不着吗？"

A 咬起唇，随后点了点头，在草堆另一边坐下，瞥了一眼身旁的人："你看起来状态很好。"他低低地说。

G 只是笑，歪头打量着 A，忽然伸出手，轻轻捏住了他尖削的下巴。A 浑身一震，撇开了："别碰我。"

G 收敛笑意，目光深不见底："你似乎对我意见很大。"

A 怒极反笑："我不该吗？"他快要维持不住基本的礼仪了，"每当我想起你那天说过的话，每一句，每一个字……"他紧紧抓着魔杖，"G，为什么你会变成这样？"

金发少年盯着冰凉的地面，"我没有变，A。"他说，"我从来都是如此。"

"我不相信，给我一个理由。"他牢牢注视着对方，"还有，告诉我——那天我弟弟对你说的，血誓。他只来得及说了'血'，而你，却知道后面的内容。" A 的目光锐利如刀，"你是怎么得知的？"

G垂着头，像是没听见A的话。A只能看到他的睫毛在颤动，像蝴蝶振翅。过了很久，当A以为他不会回答时，G抬起了头。

"我做了一个预言。"他说。

在相识的第一天，A就知道G具有预言天赋。他们一见如故，交换了很多信息，当然也包括这个。"虽然对我来讲很容易，但我极少真的去做，"英俊的男孩背着手，傲气而矜持地抬着下巴，"我一点也不好奇梅林那个老家伙为我铺就了怎样的路，我只知道，它必定非凡而荣耀。"A被这样自信的他深深吸引着。

"你看到了什么？"他问。

"血誓。"G平静地阐述，"在预言里，我与你确实结下了血誓。而后来，我们亲手打破了它。"

A瞳孔一缩："为什么？"

"我们的关系，无法再支撑它的存在。"

"我们……决裂了？"

"比那更糟，"G牵起嘴角，"糟到我们都在后悔，当初为何要与对方立下这个誓言。"

似笑非笑的神情落在A眼里，让他没来由地心头震颤。"G，"他说，"别把自己说得像个先知。"

"我确实是。"

"但你搞错了一点。"A说，"即使它最后真的被我们毁掉了，但我，我不会后悔。

"我不会后悔曾与你缔结下它，发誓不背叛伤害彼此。也许你那时后悔了，如今就极力规避，甚至在我还没提出时就否决。我理解你，你这满口谎言的骗子、胆小鬼。可请你谨记：别随意揣测我的想法，就算你能预见未来也不行。"

G 笑了："亲爱的，你固执起来连我也要甘拜下风。你亲口说——在那预言中——你感到羞耻，以及愤慨。我们的关系是你光辉人生中仅有的污点，如若可能，你情愿从没遇见过我。"

A 敏锐地发问："后面那句是我确有此言，还是你单方面的臆测？"

"有什么区别吗？" G 耸肩，月影蛰伏在他深邃的眉骨下。

A 摇了摇头，轻笑："你太自负了，我的大预言家。你只看到海面，却看不懂水流的韵律；听到鸟鸣，却读不出其中藏匿的情绪。在你眼里，我是会因为来日的异动，就否定掉现在的人吗？"

G 的眸光晃动一下："那个未来……糟糕透顶。"

"有多糟？"

"非常糟。我们打了一架。"

A 挑眉："原因？"

"我说过了，你我并非属于同一条道路。"

"自由的世界、更伟大的利益——"

"不，" G 打断，"总有一天你会懂的。"他望向窗外。在他年轻光滑的脸上，A 恍惚看到了一个历尽沧桑的老人。

"我真恨你这样，" A 把头扭到一边，揪着地上的稻草，"别表现得像个混蛋，G。"

"我早就是了。"

"你确实是。你用魔杖对着我的家人，将我的信任视为谬误，你还惧怕命运，逃避现实。" A 深呼吸一下，"但我要告诉你，永远别怀疑——

尽管我看不到未来，但你理应相信我——与你共同度过的时日，确实是我生命中最可贵而浪漫的存在。"

时间真的会改变一切吗？G对此持否定的态度。而在他的内心，一直对某件事深信不疑——A确实信任过他，也确实耻于信任过他，从一开始的相互信任，到最终的绝望心死，时光改变了这个天才巫师，给他们之间划下不可逾越的鸿沟。而此刻，G面对着的A，一个还没被岁月消磨、每处棱角都闪闪发光的A，他信誓旦旦地说，他不会后悔。不后悔与G相识，更不后悔彼此信任。哪怕G已将前世发生的种种如实告知，他也还是一副自信又笃定的样子，好像经历过那些的反倒是他一样。

G不禁想笑，亲爱的A，你是想告诉我，当你向魔法部承诺会不遗余力地对抗我，当你的魔杖发出的强光直冲我的面门而来，当你在法庭上控诉我累累的罪行、将我投入囹圄时，你的内心其实仍惦念着这个夏天，仍会在长夜里因它闪烁出的一点微光而心潮起伏？如果是这样，那我得承认，我确实不似我以为的那般了解你。

明净月光在地上投出朦胧的影子，G看着那儿，突然说："和我跳一支舞吧。"他站起身，轻快而优雅地向A行了个礼，伸出手。

A明显愣了一下。"哦，"他说，"你真令我困扰，G。"

"别假装你不享受，"G的魔杖在空中轻轻划过，月光如水般缓慢流淌起来，稻草微微摇摆，像一片金色的湖。"我知道你喜欢跟着我做意料之外的事。"他牵住A递来的手，绅士地跳了女步。

婉转的乐声在周身浮动，A猜想对方是不是在衣兜里藏了个小精灵。G扣着他的手，跟随他轻缓地旋转，晃动。谷仓的墙壁上布满他们变幻的身影，他们凝视彼此的眼睛，呼吸交缠。A 感受着脚下步伐的节奏，他们配合得天衣无缝，默契惊人。他紧紧扶着 G 的背脊，心想，这世上，再也找不到这样的人了。

G 在一个大幅度的旋转后，和 A 一起躺在谷堆上："别这么看着我。"他沉声道。

"G，" A 看向在自己身旁躺下的人，眼神亮晶晶的，"恕我冒犯，仅作为一个小小的疑问——你的预言真那么准吗？"

"给你个机会，A，收回问题。"

"好吧，那也就是说——未来的我们，确实打了一架？"

"嗯。"

"真遗憾……没什么法子可以避免吗？"

"没有。"

"确定？"

"除非，你改变自己。"

A 挑眉："为什么是我？你不能改变吗？"

"不能。"

"太好了，我也不能。"

"所以我们必须要打一架。"

A 笑了："如果真打起来，谁会赢？"

G 侧过脸，望向他晶亮的蓝眼睛："通常来说，心比较狠的那方会赢。"

A 的笑容更大了："你是我见过最心狠的人了。"

　　极远处的天边泛起一抹白，山谷笼罩在微弱的雾气中。迟来的睡意爬上 A 的脑袋，他小小地打个呵欠，准备睡一会儿就回家去。"G，"闭眼之前他忽然说，"为我做个预言吧。"

　　"你想看什么？"金发少年的脸上没有丝毫倦意，白金色异瞳一片清明。

　　"唔……看看我的晚年生活，一百年之后。"他改口道，"不，这太多了，也许我压根活不到那个时候。随你，你想看到哪里都可以。"

　　G 抬起魔杖，白色烟雾疏疏落落地从杖尖释出，在空中缓慢飘动，汇集成一朵暗淡的薄云。"你看到了什么？"A 轻声问，视线变得模糊，眼皮慢慢合拢。

　　"我看到，"G 说，"你穿着紫色长袍，上面绣着金线，戴着副半月形眼镜，头发花白，胡子留得很长。你坐在一把椅子上，身边站着几个孩子。"

　　"孩子？"

　　"全都呆头呆脑，穿着长袍，手里拿着书。"

　　A 笑了一声："是学生吗？……梅林，我以后竟然成了教授。"

　　"你不喜欢当教授？"

　　"也不能这么说，只是，那种生活未免太平凡……"A 的声音越来越低，意识向入眠边缘滑去，"你也在那里吗，G？"他含糊地问。

　　G 心头一颤。他死死抓着自己的魔杖，力道几乎将它掰断。A 没听到回答，催促似的又问："你在那里吗……我的 G？"

　　他安静的睡颜长久地映在 G 的瞳孔里。G 轻轻握了下他的手，低声说："是的，我在。"

这本应就是结局了。

一直以来，我讨厌人们谈论感情，因为人们只看到感情。他们不管我与 A 之间有多少迥异之处，那些截然相反的东西，终会推动着我们走向决战。他们只沉浸于那两个月的时光。两个月！时间的洪流中，它是连一滴水都不及的存在。我们都不会为了这两个月而改变，A 明白，我也明白。

但 A 无从知晓的是，到了故事的结尾，我竟真可耻地被它影响了。它在我身体某个角落叫嚣，让我无法忽视它的存在。要说明的一点是，我并非抛弃了先前的想法，就这么轻易地放过上辈子的劲敌。我的魔杖扬了起来，在熹微的晨光中对准他的脸。他没有丝毫警觉，连呼吸的频率都没变，魔杖扔在一边，像是打定主意我不会趁他熟睡时胡作非为。我被这样的轻视激怒了。

一缕绿光从我的魔杖尖散出，在他脸庞上方飘动，像一只飞舞的夜光虫。我对自己说，就现在吧。无用的告别已经浪费了我太多时间，而且我根本搞不懂自己为何要一再犹豫。让他安宁地死在睡梦中是对他的恩赐，何况是死在我手上。

我轻声开口，要念出那无法挽回的恶咒——

就在这一刻，我的左肋忽然极轻地痛了一下。那痛觉微不足道，连一片树叶落在水面的触感都不如。而我却像被世间最巨大的东西击中了一样，猛地弯腰捂住，魔杖险些滑出指尖。我握紧它，重新指向面前的人。A 抓着我的长袍变成的毯子，依然没有醒来，胸口平稳地起伏。只要一秒钟，我就再无后顾之忧，无论今后我的名字蔓延至世间哪一块土壤，都不会有一个 A 如碑石一般立在那，以愚蠢的、自以为是的信念阻挡我。我这么想着，准备再次念咒，而这时我发现，我做不到了。

　　这就是梅林给这个世界的我的最大的惩罚。他给了我杀死 A 的机会，又剥夺我杀死他的能力。当我站在黎明时分的山谷上，面向薄雾环绕的村庄，我终于明白，不管是否重来，我的人生其实也早已注定：注定漂泊、注定辉煌、注定失败，从此失去心无旁念的资格。它是一根肋骨，在用无数鲜血与魂灵织就的理想面前是如此不值一提，我不需要它，尽管我已经拥有了它。它刺痛我，让我变得软弱又可悲，让我清晰地看见在其影响下我亲手造就的终局。我唾骂、诅咒，而这一切都太迟了，它成为我身体的一部分，在我遇见 A 的那一刻起，就再也不会离开了。

　　我为这样的结果感到恼怒。我领受梅林如此的安排，但我绝不会因此而受它操纵。我再一次离开了 A，就像十六岁时做的那样。但这一回我的内心很平静，与那时不同，我曾认定我们此生再不会相见——我和他总有一天会再见，不论是以何种面貌、怎样的身份。因为这就是命运，我们无力反抗。

　　太阳已从山的另一边露出微弱的光线，过不多久，村庄就要醒来，阳光会洒满整片大地。我想象着 A 揉着眼睛从谷仓的草堆上坐起，发现我不见踪影，脸上的表情会是怎样的茫然与愤怒。我为那场景感到愉快自得。等我们再见面时，老朋友，你可以亲手向我讨要回来。而我也不会手下留情，前世你抽在我脊背上的那一鞭子可让我疼了许久。

　　我转过身，向云雾散尽的山外走去。我的夏天也已结束，等待我的，是漫长而光辉的征程。我还没有确定下一站是哪儿，也许是法国、德国、奥地利。在这个世界里，它们会否还是我记忆中的样子？我走着走着，像是等不及一般跑了起来。就像梦一般的曾经，我从阁楼快乐地一路奔向他的小屋，耳边只有狂躁的风声和剧烈的心跳。我拼命地跑，用尽全力奔跑，像是要逃离山谷，逃离这片埋骨之地。我知道，我永远不会再回来。

END ✉

你在学校时犯下了错，但我不怪你，因为若你未被开除，我们就不会相遇。

文 / 沐 鹤

WHAT IS THE TRUTH

WHAT IS THE TRUTH

DRESSED IN WHITE

Dressed

思 君 若 汶 水

晌午日头明媚热烈
照得来人身上都染了光晕
恍若谪仙

你是谁的白衣少年

in white

浩 荡 寄 南 征

你是谁的白衣少年

楔——▷子

他们初见时，正值盛夏，晌午日头明媚热烈，照得来人身上都染了光晕，恍若谪仙。

自那时起，D 便追逐了 B 一生。

初——▷见.
01

"您慢点儿，鞋都跑掉了！"

长巷之内，D 捏着一卷诗稿跑得飞快，身后的小厮揣着鞋气喘吁吁地跟着，累得直龇牙。

D 未觉得有半分累，不停地催促着："再快些，万一他吃完酒走了，便见不到了！"

早就听闻那人诗文名动天下，他倾慕许久，如今好不容易求得人引荐，怎舍得错过。

D 带着诗文匆忙赶到时，酒宴方歇。B 喝得微醺，腰间挎着长剑，

文/沐鹤
成天幻想自己单枪匹马闯荡江湖的中二病少女
微博@一沐鹤一

眯眼审视着眼前书生模样的男子，这人微喘着气，额上沾满细汗，一双眸子带着星光，就这么直愣愣地站在他跟前，仿佛看呆了。

"扑哧……"B见D呆呆的模样先是轻笑了一声，随后便像是抑制不住般地大笑起来，随性地揽过他的肩头拍了拍，笑声疏朗狂放，"这位小友，洛阳近日是时兴一只鞋的穿法了吗？"

听到他这话，四周响起低低的笑声，D有些局促地低头看了眼自己光着的那只脚，脸一下便红了。

身后跟着的小厮这时才赶到，D赶忙将鞋子套上。

"我浑说的，你别恼。"

见他手忙脚乱地套了好几次鞋都穿不上，B笑意又深了些，连忙转移话题解围，指了指他手中的那卷诗稿笑道："这是你写的？我能看看吗？"

"啊？好！"

那明晃的笑意好似最凌厉清澈的剑光，将D半生的阴霾都劈了个干净，他激动得手心濡湿，屏着呼吸将那卷被捏得满是褶皱的诗稿展平，递了过去。

B这人向来浪荡，世人虽都道他风流荒唐，不善识人，官场市井上总叫人哄骗了去。可也不得不承认他的诗文造诣极高，若是要辨认一位诗人的好坏，他是万万不会看走眼的。

B一眼就看出手中诗稿的不凡，眸子亮了几分，乘着醉意诵读了几遍，连叹了三声"好"。

那是一种迟来的惊艳，是灵魂深处的契合，是孤星终遇知音的欣然。

到了此时，一旁有人站出来引荐，笑对 B 说："这位是 D，十分倾慕你，知道你在此便匆忙赶来，就是为了'一睹芳容'。你那声小友倒是叫得没错，人家确比你小了不少。"

"嗯？"带着鼻音的声音有些点困惑，B 微醺的眸子像是佳酿，令人不由沉醉，他若有所思地重复，"十分倾慕……"

"其实小不了多少的。"许是怕他拿自己当个小辈，D 红着脸还是忍不住插了一句嘴，随后发觉自己有些无礼了，便挠了挠头补充道，"前辈在我这般年纪早已名动京城，年纪什么的说来实在惭愧。"

"不妨事，日后你定能赶上的。"B 开怀地塞了一杯酒给他，笃定地说道。玉杯相碰，声音清脆，好似冥冥之中结下的缘。

这句话就像是一颗向日葵种子埋在 D 的心中，悄然发芽，自那之后，他追逐他，犹如向日葵追随明媚的太阳，炙热而坚定。

回府的路上，天忽然落起了雨，石板被水浸得满地苍翠。D 没带伞，虽然淋着雨却兴致勃勃地往家赶。

小厮两手遮在头顶避雨："不过同他说了几句话，瞧郎君您乐得都快能看见后槽牙了。"

"你懂什么！"

D 面前又浮现出 B 白衣佩剑的身影，脑中只有一个念头，如他这样的人，天下还有谁能比得过啊？

"是，诗文上的事仆是不懂，"小厮十分不解，"可人们都说他荒诞，总不会是假的。仆先前便听说，他离家不过一年，便散金三十余万，奢靡无度。如今他入仕不过三载便被放还，跟您就不是一条路上的人。"

D却不觉荒唐，笑了笑："若真是能在一年之内散金三十万，也算是本事，我若能有那种本事，势必也要试试看。"

没见过这么吹捧的……郎君您真是没得救了。小厮腹诽着，扁了扁嘴道："是啊，要是再多几个这种冤大头，仆也去白白领钱花。"

"这不叫冤大头，"D抹了一把脸上的雨水，认真道，"那些钱都是用来救济落难的书生了，那是大慈大悲之心。"

"在郎君您看来，B干什么自然都是好的。"小厮见他那模样也有些想笑，"您前些日子还因为落榜满目愁容的，如今就像是换了个人似的。"

因为想要赶上他……

D没有说出来，攥紧了手中的诗稿："今日落榜，便明年再考，明年不行，后年再考……他方才说我可以的。"

山河人—▷ *间.*
02

洛阳一别之后，D没想到能这么快再见到B，初秋清早，天地微醺，晨雾中渗出光晕。

屋外响起马的嘶鸣声，D披着外裳推门，便看见高居马上的B。

他依旧一身白衣，腰间佩剑，还挂了两个酒壶，见面便笑道："小友，这位是G，我的旧友，我同他要去游历河山，你可愿同往？"

其实B也是打马来到此处之后，鬼使神差起的念头，自洛阳之后，他总记得这个热忱的小郎君。

晨曦在B的身后，将他整个人映得有些不真实。

D裹着衣裳呆呆地看了半晌，回过神便转头往屋子里冲，到门槛处绊了个趔趄，来不及揉脚踝又往里跑。

"他这是做什么呢？" G 一身黑色紧身劲装，眉目锋利，不解地看着 B。后者闷笑着："大概是让我们等等他的意思。"

过了半刻钟 D 便出来了，只觉得脸上如火在烧，他牵着一匹瘦削的马，怀中的包裹里是囫囵塞的一些衣裳盘缠，他仰头笑道："荣……荣幸之至。"

三人做伴，一路遍览山河人间，因着志趣相投，很快便熟稔起来。

从初秋至次年暮冬，不知不觉，便已一年。

B 生得一副好皮囊，一路上折花饮酒，少不了要被姑娘们惦记，盛唐民风开放，姑娘们也都大胆。

这不，才住进客栈一日的功夫，D 便被拦下了，拦人的是客栈老板娘的女儿，花一般年纪的姑娘红着脸，将绣了字的帕子塞给他，声音细若蚊喃："请郎君务必帮我转交给他。"

说完，便扭头跑走了。

D 捏着那手绢有些尴尬，看着上面倾诉爱慕的诗句叹了口气，暗道：姑娘，论写这个，我文笔可比你强多了……

背后忽然传来一阵清脆的哨声，他转过头便看见 B 和 G 倚在二楼栏杆处往下望着，口哨是 B 吹的，他戏谑一笑，示意 D 上楼来。

D 下意识看了一眼那姑娘的方向，有些心虚，硬着头皮上了楼，满腹心事：他方才应该是瞧见那姑娘了，若是看上了……

走到楼上，B 扑过来便要抢，目光中似有份恼意，故意笑着打闹道："我都瞧见了！让我也看看！"

B 这一扑着实吓人，D 下意识将东西藏在身后，却正巧被他圈在

怀里。B 浑然不觉，还要去捞他手中的帕子："你别不好意思，我瞧着那姑娘还是不错的，你就别藏着掖着了。"

"你不给他看啊，他是不会放过你了。"一旁的 G 看热闹不嫌事儿大，笑着起哄。

"不是……" D 被他困在双臂之间，脸通红，说话都有些磕巴，"她不是……我那个……"

"哈哈哈！"见他这模样实在好玩儿，B 就索性想逗逗他，盯着他威胁道，"那你叫我声'好哥哥'，我就不看那手绢了。"

D 觉得自己脸上热得能冒气，挣扎许久只得瓮声瓮气嘟囔了一声，B 乐得眉眼都笑开了花，这才放过他。

"我可提醒你，咱们明日就要启程了，你可要'洁身自好'，别处处留情。"B 松了手，半认真半开玩笑地说。

"处处留情的也不知是谁。"

G 不由得损了一嘴，见 D 羞耻得一脸恨不得挖个地洞将自己埋进去的神情，宽慰道："你别搭理他，也不知他今日吃错什么药了，如此浪荡。"

D 存了份私心，并不想叫 B 看见那帕子，眼瞧着二人都不再追问，红着脸松了一口气。

这一场旅途他们看遍了锦绣河山，三人心中也都知道，到如今，这趟旅途也差不多快结束了。

离别前的最后一场酒宴，他们都喝了不少。

"此后一别，愿诸君安好，前程似锦。"

D 只觉得今日这酒似乎多了几分苦味，他酒量不好，平日里都是点到为止，今日却连喝了三大碗，珍重而真诚地说出这话。

"自然会前程似锦。"B看着情绪有些低沉的二人，起身端起酒碗，痛饮而下，一挥衣袖笑道，"我们三人遍览天下风光，读万卷书，行万里路，自然有好前程！他日再见，还要共饮此杯！"

一番豪气干云的话像是一股浪，涤荡了所有惋惜。

D和G跟着痛饮，此生能得这一年的逍遥时光，又何苦于分别。

出了酒楼，三人便各自往自己的方向去了。

牵着自己的马出了城，D忽然听到有人唤自己，勒马转身，便瞧见B打马而来。

"你是要去长安挣功名？"

"嗯。"

他一如去年启程时，站在马下仰头望着B，应了声。

"路途遥远，借你抵挡寒风！"

B一扬手，银狐轻裘丢了下来，正落在D怀中，轻裘温暖柔软，他仰头还没拒绝，B却先开口了："放心，日后我去找你时再取回来。"

说完B长呵了一声，打马远去。

"那我等你！"

D将狐裘披在身上，望着他绝尘而去的背影喊着，下巴上还有未刮干净的胡茬，却是满脸的意气风发。

荒—▷唐.
03

"我可是听说了，石门一别后他写给你的诗都够出本诗集了，天下谁人不知他仰慕你至极，你倒是好歹给人家回一首啊。"

B依旧四处游历着，到了G处暂住时，便听他谈起此事。

G喝了一口酒，烈得咂了咂嘴："听说他入仕了，倒也是，他本就是个身怀家国天下的性子，年纪轻轻把自己弄得跟老头子似的，沉闷得很。"

"是吗？"

B想起初见时D手足无措的少年人模样，弯了弯嘴角，他望着指尖的白玉杯："不是我不想回，我只是不知如何落笔。"

"您可别诓我，前些日子不过是去那小县衙里吃了片刻酒，便做了两首诗。你知天下人如何说你？"G一脸不信。

"如何？"

"说你浪荡风流，今日赠言这位，明日送别那位，那些词若是作给姑娘们的，只怕名声更糟。"G啧啧叹息，"还说莫不是你跟D生了什么仇怨，旁人你能作诗千百篇，偏他仰慕你如痴，十篇诗文五篇是你，你却不搭理人家，坊间多荒唐的话都编出来了，世人都在猜他到底如何惹了你。"

B饮着酒，却喝得索然无味，只觉得烦躁："世人猜测的荒唐话你竟也信。"

"这……"G取笑他，"他们传的话倒也不是没有依据，你素来荒唐，还有什么是你不敢的？"

"你不知道，他日子过得并不顺遂，那些累累声名夸的都是他心怀天下，跟我这等人若有牵扯……"B突然沉了语气，喃喃重复了一遍，"跟我若有牵扯，只怕坏了他的名声。"

G意识到气氛不对，忽然板正了脸："你不想跟他多有牵扯？可想清楚啊，莫后悔。"

"哼……"

B回过神来啮笑了一番，笑意有些干涩："又不是少年郎了，还能干出那些没皮没脸的事儿？"

两人笑了一番，便不再提及此事。

其实，B是想回诗的，只是真的不知道该怎么写，提笔便觉得要写的太多，一字都有千钧重，如何成诗。

剑──▷痕.
04

长安城遍地繁花，D却怎么也没想到，天子脚下竟也有人持刀行凶，被追到窄巷里，忽然生出一丝悔意，自己还没等到他来长安呢。

来人也不知是哪方的势力，竟是想要他的命。

就在长刀要砍下的时候，薄凉月色下忽然泛起一阵光影，只听得到剑出鞘的声音，而后，那歹人便倒了下去。

他抱着头好久才睁眼，看见那抹白色的衣摆时一愣，猛然抬头。

眼前人刀入鞘，笑得温和："好巧。"

"您……您怎么来长安了！"

方才的恐惧顿时消散，D激动地一下子站了起来。

早就听闻B的剑术出众，师承名门，今日才得一见。那剑法，与他的诗截然不同，狠戾利落，不带半分犹豫，实在是令人惊艳。

"来办些事情。"B现在为别人效力，在政治斗争中选择了一方势力，已不是当年自由的江湖客。

D听了这话，眸子暗了一些，却还是欣喜："那要在长安住些时日吗？"

"不住了。"B将他的心思看了个明了干净，宽慰地拍了拍他的肩，"等安定下来，再来找你。"

这第三次再见，十分仓促，D有些不放心，闻着那浅淡的酒香有些担忧："您喝醉了？"

"嗯？"B看着他一脸忧心的模样，随后撒谎都不脸红地应道，"嗯！"

"那……那要不我扶您出去？"

D说完就后悔了，B都能干脆利落地手刃贼人，哪还用得着他扶。

可B却认真地思忖了片刻点了点头，扶额倒吸了一口气："嘶——这酒后劲倒是颇大。"

他脱力地靠着D，脚步都有些晃荡。

"要送您去哪儿啊？"跌跌撞撞走了半晌终于走出巷子，D小声地问着，谁知肩上那沉甸甸的身体忽然卸了力下去。

B自己站定，抱剑忍着笑："你这性子也太容易被人骗了，在这鱼龙混杂的帝京如何能久居？"

"您没醉啊……"

D有些无地自容，好在夜色如墨，看不出他红了的脖子。

"逗你的。"B笑意从嘴角一直荡到眉梢，"我还有事要去处理，先走了。"

D自知他是留不住的，抿着唇叮嘱道："那您要多多保重。"

"这是自然，"B转过身去，洒脱随性地摆了摆手，"D，记得等我去取我的狐裘。"

这一次，B没有唤他小友，坦荡唤了他的姓名。

自那之后，D 写给 B 的诗便更多了，从春天写到冬天，每写了厚厚一叠，就命人天南海北地带给他。

"郎君您写这么多，他倒是脾气大，今日忆这位明日送那位的，一首也不曾回您。"

小厮一边磨着墨一边嘟囔着："外面的人都说您热脸贴冷屁股，还有的说得更难听。"

D 专心地誊抄着诗，将诗文从草稿上誊抄到青檀宣上，不甚在意："他那些诗……都写得很好。他名扬天下，不回我是应该的，我今日所得几分功名，也多亏了他当初那些话。车马慢，我便多写一些。"

是因有他才成就我，换别人……

他有些分神，吸满墨汁的笔尖悬了半晌，终于"啪"的一声落下一滴墨，在青檀宣上绽开。

"换一张来。"

"那是因为您日也学夜也学，像郎君您这么拼命，想要考不上功名才难。"小厮有些愤愤，"才不是因为他。"

"你懂什么？"

D 睨他一眼，重新提笔。

B 是天下人的，是这盛唐的，不是他的，他又怎么敢奢求他的回信。

狐 ▷ 裘.
05

一别经年，D 没有想过，再收到 B 的消息时，是因为一场政变。

那一场政变来得太突然，突然到所有人都猝不及防。

B 参与了谋反！那可是要杀头的大罪！

D 彻底慌了，他不顾亲友的劝诫，执意到处托关系只求保 B 一命，一纸诗文不要命地递了上去。

G 和 B 家也都暗中帮忙走关系，终于，B 免去死罪，却还是要被流放。

B 走之前，二人还来不及再见一面，细细想来，自上一次分别，竟已过了十余载。

有人替 D 捎了句话——"我等你来取你的狐裘。"

B 笑了笑，道了声好。

他已经有些老了，眉眼间多了些皱纹。

寒北连月光都是清冷的，边疆苦寒，昔日的逍遥如今都换成了枷锁，那个风流浪荡的公子哥如今脊背也弯了几分。

他苦等了几年，这几年间，断断续续收到了 D 寄来的信。

有的是写长安如今花开了，十分好看。有的是写入冬了，长安也落了今年的第一场雪。

琐碎繁杂，他却爱看。

长安方向传来赦免的消息时，B 是由衷的欣喜，收拾东西便立马往长安赶。

可到了长安，碰到 G，从他那儿得了消息——D 这几年一直在暗中帮着他，知道 B 赦免的消息后，便辞官了，没留下什么音讯便一个人离开长安，去了蜀中。

B 拜别老友，重新上路，一路往蜀去，揣着满腔期待。

他已经很老了，鬓角多了些白发，身子也禁不起快马颠簸，只能一路慢行。

可 B 和 D 谁也没有料到，长安一别之后，他们竟再也没能见上一面。

那日，晚间微风徐徐，月色正好。

B 换了水路，拎了壶酒坐在船上，期许着再一次的见面。

他喝得有些多了，醉醺醺的，步履也不稳了。

"B 兄？"

那声音太过熟悉，B 仓皇回头，便看见一个少年人抱着诗文书卷立在那儿，满目星光，红着脸笑道："好久不见。"

他有些怔然，喉咙像是被什么堵住了，恍惚间想起初见时他也是这般，目光坚定而炙热，望着自己说："也小不了几岁。"

B 扶着船舷，张了几次口又将话咽了下，最终只是笑道："这次你倒是穿了两只鞋。"

B 从随身的包袱里拿出一张叠得整整齐齐的纸，上面是一篇诗文。

"这原本是要给你的，却一直都没机会给你。"江风携着几分寒意，他却不觉得冷，笑着递过去，"你好生收着，免得再叫旁人说我不理睬你。

"我看过你作的诗了，你向来自谦，我也不会奉承，写的是真的好。"

他长舒了一口气，语气中多了几分欣慰："他们不懂你，你不必烦忧，你的那些诗便是到了后世，也会流传千古的。"

说得多了，B 不由自主地笑了起来："你看我，倒是比以前话痨了，你也说说吧，你以前总是一见我就磕巴，如今这毛病可是好些了？"

船家摇着橹，只听到 B 在那儿醉言醉语，也懒得管，紧了紧肩上的蓑衣，好歹也挡一挡江风。隐约间听到船头的人忽然大笑起来说道：

"好！哈哈哈！我无有不应你的，你要那水中月，我帮你捞！"

"嘿！你疯了！"

船家只见 B 忽然一下子跳下船去，忙丢了橹要去抓他，却只抓住了一片飘扬的衣角。

那白衣没入江流之中，手捞向那水中一片碎金，嘴角带笑，不见挣扎。

江水湍急，眨眼间，那抹白衣便消失在江中。

谁曾料到，三次会面，便是一生。

大梦一 ▷ 场.
06

G 临死前也没将 B 离世的消息告诉 D，直到一日，D 出游，遇到了另一位旧友。

"你竟不知道？"

旧友不知那段过往，见他知道消息后面色苍白，惊诧道："我以为你如此仰慕他，他所有的消息你定会一清二楚，如今看来你竟不知晓？"

D 只觉得双耳轰鸣，一时不知自己身在何方。

他浑浑噩噩回到家，只觉得身子发软站都站不住，扶着柜子翻出了那件狐裘，笑着笑着就哭了。

而后几年间，他写的诗越发多了，可大多都是在书案旁堆着，堆成厚厚一叠，积着灰。

偶然有一日，下人开了窗，一阵风吹倒了烛台，直直地往那叠稿子倒去，烧着了一桌子诗稿，一篇不剩，全成了灰。

D 知晓后是冲进来的，浑然不觉得烫似的要去抢，硬生生被人拉住，他看着那堆已经烧成灰烬的东西，猛地咳嗽着，呕了一口血。

"您要熬住啊！"下人看着他瘦得吓人的模样红了眼，哭着劝道。

他却双目空洞，轻声说："你不知道，我……熬了好多年了。"

D 在床上躺了半晌，四下有低低的啜泣声，他却只觉得轻松，吩咐下人："去把我那盒子里的东西拿来。"

盒子拿来了，是个红漆雕花的贵重盒子，可里面装的却是一卷破旧的诗稿。

他将那卷诗稿抱在怀里，只觉得心安。

出游的那一年，春秋冬夏，风花雪月，美得像梦，就像是从别处偷来的一般。

盛唐华梦，他梦了一生不愿醒。

世人猜的那些荒唐话，他从不辩驳。

那些公之于众的热烈而坚定的仰望，他从不掩饰。

"等了你许久都不见你来取你的衣裳，怕是想让我亲自送去的。"

他安静地合了眼，怀中那卷诗稿摔落在地上，惊动了窗前的月光。

END

Q 两个人是什么时候相遇的？
在哪里？

 酒宴方歇，他带着诗稿慌张前来，满头大汗鞋也没穿的样子甚是青涩可爱。

说笑了……虽然那时我尚年少，但那个夏日，我亦等了太久了……

Q 如果要送礼物给对方，
您会送？

 未能送出的诗。

未能还回的衣衫……还有太多错过而未能说出的话。

蝶梦庄周

DREAM

文////////// 灵绘

人生如幻//////////////
可不知什么时候
就沧海桑田物是人非了

蝶梦庄周

文/ 灵绘
写手含泪码字中。

DREAM

· · · 壹 ONE

　　花了极大的力气，也不过微微抬起眼皮，一束光顺着眼缝挤进来，L 模模糊糊地看见一团金色的东西缓慢地向自己靠近，离得近了，才发现那团体温略高的小东西上有一对三角形的耳朵。

　　"猫？"

　　他再没了力气，闭上了眼，彻底堕进沉沉黑暗。

　　再次恢复意识时，L 只觉得脑袋上痒痒的，睁开眼一看，却发现有一只金色的小猫睁着大大的眼睛歪着头看着他。

　　那小猫看他醒了，喵喵叫了两声。

　　L 不是很懂它的意思，摸了摸脑袋，啊，原来方才是它在帮自己舔舐头上的伤口。

　　虽然不太记得自己是如何受伤的，但应该是这只金色的小猫帮了自己。

　　小猫看他呆呆的样子，满脸写着好奇，伏下身试探着朝他走去。见对方没有拒绝的意思，就靠得更近了些，小心地在 L 身边转悠，尾巴时不时在他身上扫过。

L 的视线也跟着它，这才发现自己竟是成了一只雪白的猫，身上有些受伤后干涸的血迹，身形比这只金色的小家伙大了一圈。

　　他难以置信地转了个圈审视自己，四肢十分和谐地配合他晃了一圈。他的毛比小黄猫更长，通体纯白，洁净得不像该出现在这黑漆漆小巷子里的生物，四爪哪怕碰着泥水，也像在圣水中洗涤过般干净。他左右看了好几个来回，终于确信自己真的变成了只猫。

　　发现这一点后，L 情不自禁有些欢喜，但也说不清楚自己在开心什么。

　　他看向自己的救命"恩人"，发现那小猫似乎正奇怪于他莫名的行为，歪着头满脸疑惑。L 感激地靠近它，擦过他的身子示好，这才发现，这只小猫看起来一点都不一般，毛色缃中带金，颇显富贵，腹部和面部则是如雪般的白色，额间一撮朱砂红毛，使得一双金眸更加有神。L 看着它越看越奇怪，这样的小猫分明像是养在大户人家锦榻上的玩物，不知缘何流落市井。

　　小猫得了他的示好，也十分开心，张开嘴："喵！"

　　L："喵？"

　　小猫低下头蹭蹭他的脖颈："喵喵！"

　　怎么听不懂呢？

　　分明都是猫，怎么会听不懂它在讲什么。

　　不知道对方懂不懂他，但那小猫愈发亲密地叫着舔起他的脖子来。

　　算了，这样也挺好的。

　　不知自己从哪里来的，也不知道该去往何处，L 就这样和小猫生活在了一起。后来又有一只体形硕大、黑背白腹的大猫加入了它们。

黑猫虽然品种纯正但脾性暴戾，面上还有横贯眼部的旧伤。它平日里从不说话，也不知是不会表达还是如何，但对另两只猫一直十分照顾。

L虽然听不懂小黄猫在说什么，却自顾自地在心里默默唤它"阿Y"。

阿Y个头不大，但是很机灵，在L养伤期间，每天都会帮他铺好干燥温暖的草窝，然后出去觅食。到了中午就能叼着一尾新鲜的鱼回来，献宝似的放在他面前，又拿脑袋拱一拱L，像是催促他赶紧吃。

而不知从何处带回食物的阿Y胃口却总是很小，常常是吃不了几口就不吃了，把大半的食物都留了下来。

L知道小猫是故意的，心底说不出的感激，他打从心里觉得阿Y实在太好了——能对他这只素不相识的流浪猫如此照顾，一定是因为它生来就尤为善良。

黑色的大猫一般是自己觅食，不过它常常会撕扯下一截放在阿Y面前，喉间低吼，威胁着小猫吃下去。

黑猫虽凶，但小猫也知道它的好意，每次战战兢兢吃完后，就翻倒在地上，袒露出腹部，用收起指甲的爪子一下下去挠黑猫的尾巴。不苟言笑的大猫扫了撒娇的兄弟一眼，便会慵懒地甩动自己的尾巴，让小猫玩得更加开心。

说来也奇妙，三只猫，有说的话听不懂的，有从来不开口的，分明一点不懂彼此，但却能日日依偎在一起。

黑色大猫从来不碰阿Y带来的鱼。

L虽然觉得奇怪，但又猜想可能大哥也只是找了个理由把食物留给它。

L每次在那里一小口一小口端庄雅正地吃着鱼的时候，小猫就趴在一边，睁着大大的眼睛盯着他。

吃完后几只猫时常打闹在一起，闹到累了就相互舔舔毛。L 常常一边舔着阿 Y 的毛，一边叮嘱它要多吃点，它现在的体型这么小，一定是因为吃得太少了。

每到此时，小猫就一边享受地眯着眼，一边"喵喵"地应着，也不知听懂了没有。

不过 L 总有点奇怪，舔毛时总觉得阿 Y 身上有些许腥臭味，不知道是不是去抓鱼时惹上的。

如果我能懂你就好了，那就能问问你到底是为什么了。

三只猫偶尔也会饿肚子，遇到天冷时更是除了相互抵靠在一起取暖什么也做不了。有些时候，哪怕机敏如阿 Y 也会受些小伤，不过它总怕把血迹蹭到 L 身上，每次 L 想要靠近它安抚一下，就会被小黄猫吼回去。他有些茫然，不太明白小猫为何会这样。

后来 L 的伤好得差不多了，也时常外出觅食。

一日突然天降大雨，他不喜雨水，想躲到避雨处却被人撵走，只得一路边躲边跑进了一条小巷子。他就趴在小巷深处的屋檐下一个木桩上，静静等待。

雨水声中，他想起另外两只猫，不知它们怎样了，有没有找到地方避雨？阿 Y 个头小，要是被其他猫欺负了怎么办？要是它现在回家了，看不见自己，会不会担心？

小巷里很暗，只有入口处稍显明亮，光线犹如垂坠的幕布。L 看着那雨幕出神，只觉得心底隐隐不安。

DREAM

一道小小的黑影逆光而来，L 定睛一看，发现似乎是一只猫，跛着脚，一瘸一拐地缓慢走近，身上滴落的雨水被染作红色。

那猫儿似乎也察觉到了他，抬起头，正和他四目相对。

雨落的声音止住，他听见一个清晰的声音——

"二哥？"

L 倏忽惊醒，猛然睁开双眼，正是 Y 一双黑白分明的眸子。

"阿……阿 Y？"

他转动脑袋左右看了一会儿，终于回过神来——哪有什么猫，不过大梦一场，方才也只是 Y 在喊他。

他努力敛了敛神，再看向 Y，却见他正微歪着脑袋含笑看着他，好像很疑惑他在做什么，正和他梦中的小猫一模一样。

"二哥可是做梦了？"

L 听见他的声音，凝神片刻，终于确定这才是真的阿 Y，不是那只说着他听不懂的话的猫。

"一个怪梦。阿 Y 怎么进我房间来了？"

Y 笑了一下，坐到桌边："二哥可还怪我。昨日我们说好今晨去茗山取第一道新茶，谁知我等了一早上，二哥你怎么也不出来，叫你也不回应，小弟这才斗胆进来。"

他正坐在窗前，L 逆光看着，不知怎的，脑中又闪过最后时刻那只小猫重伤的模样。L 微微晃神，看见 Y 完好无恙地站在那里，声音清脆温和，没有一点受伤的痕迹。

他摇摇头，觉得自己颇为可笑："对不起阿 Y 了，失约于你，皆因我做了个……荒唐无谓的梦。"

Y 笑道："能让二哥睡到晌午时分的梦，小弟真是好奇。此地地名本就特别，说不定是个宝地。这梦或许荒唐，不过不一定无谓，二哥不妨说说？"

　　L 见他那副兴致勃勃的模样，脑袋里又闪过小猫不依不饶咬着他尾巴撒娇的样子，赶紧摆摆头，他面前的是 Y，是仙尊，是修仙名门的少爷。

　　他假作镇定地下了床，简单穿上外衣，坐到桌边，发现 Y 已倒好了他的那一杯茶。

　　又回想起那个梦，他神情有些飘忽，抿了口茶道："我梦见阿 Y 你和公猫……"

　　"噗"，Y 极不雅观地喷茶失笑，他一边拿宽袖遮着自己被沾湿的脸，一边嗔笑，"二哥你在说什么？！"

　　"没有没有，"L 连忙纠正，"我是说我们兄弟三人都变成了猫，平日里生活在一起。"

　　"哦，我们三人？"Y 很快收拾好了自己，好奇道，"什么样的猫？"

　　"阿 Y 是金色的，大哥是黑色的，阿 Y 你在梦里又救了我，"他看向 Y，情不自禁笑了，"……还有大哥虽然严肃，不过总是分食给你，还是处处为你着想。"

　　L 突然一愣，想起不过就在前几日，Y 被 N 一脚踹下 Y 家开宴的高台。他的目光不自觉移到 Y 的额头，看见那顶黑色纱帽下透出半片淤青的痕迹，这肯定不是他身上唯一的伤。L 还记得 Y 从楼梯滚落时，原本就缠在头上的纱布染满鲜血。

　　两位仙尊争执的事一出，修仙界又是舆论四起，嘲讽猜疑声不断。人言可畏，L 也正是因此才想着带 Y 来这遥远的小镇散心，只说是这里新茶将至，带他前来一品。

　　Y 极其敏锐地捕捉到了 L 的视线，却好似没事儿人一样，平静答道："小弟知道大哥都是为了我好，也从心底感激大哥。"

　　Y 的语气没有波澜，L 不知他说的真假，只得道："阿 Y……"

　　"二哥你再说说你梦里是如何？我们三只猫究竟如何了？"

　　L 叙述了梦中三只猫是如何下河捞鱼、平时如何逗闹，特意略去了最后那个鲜血混着雨幕的部分。

　　Y 听他一脸困惑地叙述完，已然笑得连茶也拿不稳："二哥你这个梦也太可爱了。"

　　L 无奈地笑道："醒来才发现，做猫也挺不错，每日所思所想不过就是如何吃如何玩。"

　　"人都说日有所思夜有所梦，二哥近来是遇到什么烦心事了？"

　　L 轻轻扫了他一眼，触到他额角的伤时目光微微沉下，就好像他从未察觉到黄色小猫身上隐藏的伤一般，Y 被微笑和圆滑严严实实包裹的外表下，是不是也藏着只有落雨时才能看到的血痕。

　　他看着 Y，淡笑道："也没什么，不过若是来世能做一只猫，或许也别有乐趣。"

　　第二日他们还是去尝了晨露泡的新茶，Y 十分喜欢。下午二人本来准备赶回仙居，却突遇妖兽，于是多留了一段时日除害，回去后 Y 便遭了父亲劈头盖脸的一顿骂，说两日后就宣布重要消息，这个关头 Y 竟还敢外出不归，若不是看在 L 的面子上，或许就不只是口头说说这般简单了。

　　到了宴席时，L 家亦有出席，这次 Y 家宣布了一个重大举措，引

得众人交口称赞。L看见Y站在莲花座下，仰头看着座上威风的Y家家主，自始至终保持着微笑。

L知道这一切皆是Y数月不眠不休的努力换来的，如今他却只能在隐蔽处，静静看着这一切归功于别人。觥筹交错的晚宴上，耳边的声声赞美都是献给Y的父亲的，书房黑暗的一角里，他心心念念筹划许久的建筑分布图纸被丢弃满地。不过在Y永不摘下的面具上，什么情绪也看不出来。

回去后没多久，Y收到L送来的一幅画，一览全图，他眼底原本的阴霾得以消散，终于能面容柔和地会心一笑。

画中三只猫儿依偎而眠，睡得正香，画面逗趣可爱，笔触温柔至极，宛如L真在身边，轻拍着他鼓励他。

···贰 TWO

一晃经年，又是一年春再来，如约而至的还有买茶人。每年L都会来这个镇上买新茶、采露水，送到Y那里。这一习惯维持了多年，因为他始终记得Y第一次喝到这里的茶时的喜悦。只是此次他心情略微沉重，就在这里多停歇了一晚。

大抵真是日有所思，夜有所梦，这一晚，他迷迷糊糊间睁开眼，又看见了那只金色小猫。

还是梦吗？

他再次绕着自己转圈圈，来回审视，发现自己又变成了那只纯白的猫儿，纤长的手指变作了粉色的肉爪，温和的嗓音变作了喵喵声。他一时恍然，到底是庄周梦蝶还是蝶梦庄周？也许所谓"L"这一身份，不过是这只猫儿做的一个怪梦？

他还在出神，突然感觉被挠了鼻子。定睛一看，那只小黄猫正拿脑袋拱着他，"喵喵"地催促他，似乎对他的不回应十分不满。

L 只得低下头舔舔它，小黄猫高兴了，又一跃跳到锦被上，叼出个银质的铃铛放到他面前，好像要和他玩耍。

L 这才注意到，它们已不再是路边的流浪者，不用再在小巷子里苟且求生，此时已是这雕梁画栋的豪华宅子里两位主子。他松了口气，这样的条件下，应该会过得很轻松吧，不再受以前挨饿淋雨被赶的苦了。

那精致铃铛滚落在地上，丁零作响，也勾起了 L 的好奇，倒不是铃铛有多好玩，只是猫儿没有那么多欲望，所以简简单单就能开心。

小猫玩累了，就抵靠在 L 身上休息，时不时喵喵喵地跟他讲什么。L 听不懂，却听得津津有味，他偶尔偏过头，用舌头帮阿 Y 梳梳毛，小猫的喉中享受地发出呼噜呼噜的声音，没多久就睡着了。

L 一时恍惚，总觉得好像上次看见阿 Y 这般没有防备的样子已经是很久以前了。怎么回事呢？它们分明只是猫而已。

黑猫还是与它们一起，但是不知为何，现在的黑猫似乎很不喜欢小黄猫了。L 还记得之前黑猫把自己的食物分给阿 Y，为它挡雨，怎么变成这样了？

两只碰到一起，平时还勉勉强强能相处，小黄猫也会想着法儿讨好黑猫，经常叼着新鲜的鱼来，可黑猫根本不为所动，任它换了多少种不同的食物叼来，都不屑一顾。

小黄猫小心翼翼地拿脑袋去拱黑猫，又在它面前坦着肚皮示好，可惜统统被无视。L 只猜二猫间或许有了性格上的矛盾。毕竟小黄猫好动又黏人，指不定就有什么地方冲撞了暴躁的黑猫。

　　L有点心累，一只不说话，一只说的话它听不懂，三只猫朝夕相处，却从未明白过彼此。

　　变故发生在很普通的一天，小黄猫从华丽的窗户跳进屋子里，嘴上叼着大虾，乖巧地放在两只猫面前，黑猫却盯着它没有动，表情逐渐狰狞，突然扑住它。小黄猫吓了一跳，一爪挥向黑猫，挣扎着跳开。黑猫缓缓转过头，脸上鲜血淋漓，更加凶狠地看向小黄猫。

　　一切发生得突然，L还没明了怎么回事，两只猫已经嗷嗷叫着跃出窗户。

　　L赶紧跟着向外奔，谁知刚到门口，迎面一阵劲风猛推开两扇门，一抬头，天空覆满雷云，城中惊雷闪耀，照得天际煞白。L心中越发不安，凭着直觉四处寻找另外两只猫。

　　掠过一个昏暗的巷口时，突然听见一片寂静中隐隐有低吼声，L赶忙跑进去，只见硕大的黑猫背对着它，全身毛都炸起，身子弓得老高，喉间发出威慑的吼声，一道惊雷映照出站在高台上的金色小猫的身影，它倨傲地望着黑猫，与摆出进攻姿态的黑猫不同，金猫竟是悠悠地舔着自己的爪子，金色眼瞳中的冷漠让人不寒而栗，而它身下，躺着一只猫的尸体。

　　看见黑猫似乎是要攻上，L忙出声制止，方才还镇定自若的小黄猫一下变了神色，慌张起来，匆匆拿爪子去扒拉身下的猫尸，妄图藏起来。它慌乱之下，不仅把身上沾染得到处是血，还不小心摔下高台，惨叫着跌进铁桶里。它狼狈至极地钻出来，看了L一眼，扭头就跑。

黑猫怒吼，如箭般窜出，紧跟不舍，L也赶忙跟上。

一阵携卷着落叶的风快速穿掠过小巷，鸟雀寂静，唯有不祥的乌鸦在叫着，暴雨将至。

L在漆黑的河岸边追到两只猫，阿Y警惕地站在桥檐上，凶相毕露，露出獠牙威吓地怒吼，黑猫更是不甘示弱，弓起大了数倍的身子，一步步将金猫逼得后退。

他从没见过两猫这样，只觉得脑中一片混乱，甚至不知这两只猫还是不是他认识的那两只，不知事情如何发展到了这一步。

狭窄的桥檐上两猫针锋相对，L在桥下急得团团转，他大声呼喊着两人，乞求它们下来，但是微弱的喵叫被风无情地吹散。

落叶扫过漆黑的水面，突然响起一道惊雷。

L的眼前一闪，被白光激得睁不开眼，待终于恢复，只看见黑猫像枯叶一样跌落，跌入河中不见踪影，而金猫端立桥檐，惊讶地看着一切，脚边的牡丹纹被血浸透。

L听见暴雨终于落下。

L睁开眼时，入耳的同样是雨声和雷声。他愕然半晌，终于平复了呼吸。

窗户不知何时被骤雨推开，窗边那株杏花被打瘦了不少，地上尽是残花。

他盯着被淋湿的地板许久，最后才披上外衣，关上了窗户，又捏了个诀，将屋里飘进的雨水吹干。

L 已记不清楚多年前的异梦了，只是常去 Y 府时，会看见园中还收藏着那一幅三猫图，总免不了被 Y 调笑一番。没想到今日又回到了那有些滑稽的梦境里，只是这回，境况大为不同了——此时 Y 已是万人之上的仙门总督，风光无两，不是梦里那个满身是伤摇尾乞怜的小猫儿了。他住进了这世间最奢华的屋子里，再没有人敢嘲笑他。N 已不在，他们三人的组合不再完整。不过幸好，L 和 Y 一直感情甚笃，私交亲密。

只是近日 Y 的儿子突然被害，调查后发现正巧就是前不久最反对 Y 的几个家族所为，Y 悲痛之下将涉及此案的几个家族全部清理，修仙界一时大为动荡。

就在前几日，被牵连的一个妇人抱着孩子跪在 L 面前，哭喊着求他让 Y 放过这孩子。

孩子到底无辜，L 心中触动，安排了两人住下。谁知再去见 Y 时，对方已是双眼红肿，不待他开口就哭着对 L 诉说。L 一时心软，叹了口气，开口时也只剩下了安慰。

而不过一晚，第二日那妇人和孩子，就彻底消失不见，犹如人间蒸发。

Y 一路走来，L 听过无数传闻，也是许多事件的亲历者。许多事情发生得都太恰到好处，Y 在一次次巧合中扶摇直上。

他记得 N 曾亲眼看过 Y 谋杀自家门生，也记得 Y 卧底时为博取贼首信任残杀无数正派修士。他不是不知道，只是他见过 Y 另一面，他见过 Y 至善的一面，见过 Y 冒着生命危险救落魄的自己，见过 Y 在战场上保住无数平民，见过 Y 不论出身、境遇，平等地对待他人。

所以他才一直站在他身边，扶持这个表面风光无限，却又被千夫所指的义弟。

他心中所思所想纷繁杂乱。待到雨声止住，他打开窗，才微微缓过神来。

L 从乾坤袋中拿出器具，展开纸墨，依梦中所见画了那只金色小猫戏耍时的样子，但画到小猫腿边时，笔却顿住了，他想到那片血染牡丹的污迹，不知该不该下笔，又该如何下笔。

他记得梦中小猫对他十分照顾，脑中却又闪过前几日 Y 不动声色藏起暗红色的袖口，他记得小猫拖着摔断的腿狼狈地在雨中发抖，也闪过 Y 被 N 踢下楼梯，一直滚，滚到最下，又爬起来整顿衣冠、从容行礼的样子。

他犹豫太久，好像不只是在思考如何画这幅画。

他抬起头，远远看见窗外一栋高耸的金色建筑——望台。

Y 多年前就与他一起辛勤谋划，近来终于——落实，建造和维护的费用上 Y 家都出了大头，虽说是个吃力不讨好的工作，但是受惠的普通百姓不计其数，他们再也不至于长期受妖魔的困扰。自他来到这个镇上后，都听农夫们多次夸赞过这个制度的推行了。

他心底又漾起一片涟漪，直到最后，终于洗净了原来的颜料，提起笔——

那天自家家主也知道了失踪妇人和孩子的事，他语重心长地问自

己："你欲何为？"

你欲何为？

画中金色小猫的身边添了一只紧靠着的白猫，它的身形挡住了金猫原本沾染污渍的细爪。

· · · 叁 THREE

L穿行在熙攘的人群中，他又一次来到了那个熟悉的小镇。

以往杏花开时，他总会到这里来，买上一包新鲜的茶叶，再回去。

此行他再没有这样的缘由了，只是来到此处，漫无目的地走着。他看见青石板、石拱桥、白墙黑瓦，一条小河蜿蜒曲折穿流在城镇中。

一切就像一幅黑白的水墨画，陈列在他身边，美而不真实。

L正准备进一家茶楼歇坐，突听得街上一人大叫："贼猫！又偷鱼！"

本是无关紧要的小动静，在这镇上多了去了，但偏偏他就被这一声引得回了头。只一眼，就好像黑白的世界开始染上光彩，逐渐将一切镀上颜色。

一小团金色的身影从臂挎菜篮的妇人脚下溜过，那猫儿身量不大，但十分机敏，嘴上紧咬着一条鱼，正在街上人群中疾奔逃窜。

猫是从街那头跑来的，此时已快到L近前。突然一道黑色闪过，竟是一只通体黑亮的大猫一下撞在金猫身上。

金色的小猫被它这突如其来的一撞撞得翻了几个滚，好不容易爬起来，也不忘鱼，叼起来便继续跑。

那黑猫似是认准了它，号叫一声也拔腿跟上。

金猫依然左右闪躲，黑猫紧随其后，眼看金猫又要被扑倒，突地那猫儿抬头看了 L 一眼。

一对赤金眸子又大又圆，金身白面，额间竟有一撮朱红色的毛。

这一眼看得 L 心头一惊，还未反应过来已挡到了猫儿身前。那金猫似有灵性，知他护它，就躲在他的身后，只探出个小脑袋来。

黑猫追到 L 跟前，也停了下来。身上的毛虽然炸起来了，但还是一屁股坐下，缓缓抬头看向 L。那猫一身毛黑得发亮，左眸上有一道横贯面部的刀疤，看起来已有些年头，虽只是一只小猫，却浑身满是王霸之气。

一会儿，渔民终于气喘吁吁地追来。

金猫安静地躲在 L 身后，L 自觉帮它把鱼钱付了，视线却没有一刻离开过两只猫。

街上的动静平息下来，黑猫看起来也不像刚才那样怒气冲冲，金猫甚至主动叼了鱼从 L 身后走出来，放到黑猫身边。

黑猫却不看它，把头扭了一边去，这场景让人看着好笑，就好像这黑猫不让金猫偷鱼，金猫偷了它便生气一样。可猫就是猫，哪儿来什么伦理道德，有鲜鱼吃还不够吗？

L 仔细端详着两只猫，突然面色一僵，因为他看到金猫的一条腿边竟有一处毛色异常，像是缀上了一股花团。

这两只猫分明与他梦中所见分毫不差，好像太虚幻境中的生物活生生来到现世中，让人辨不清真假。

他现在难道还在梦中?

他看着那金色小猫绕着黑猫走了几圈,用头去拱了拱它,似是道歉服软,黑猫却一下又炸了毛,"嗷"一声就扑上去,黑猫生得较大,几下就把金猫压倒在地。

L这才回过神来,刚想伸手把它们分开,听见身后一声喵叫,一回头,正对上一双深色圆眸。

来的是只流浪猫,却净白如雪。L突然意识到,这只白猫能这样干净,定是因为金猫总会带回它的食物,而从不让白猫奔波。

那白猫与L对视一眼后很快移开视线,它缓步走来,止住了另外两只猫的争斗。原本咬着金猫脖子的黑猫停了下来,渐渐松了口。

金猫得了救,一下蹿出去,缩进一片阴暗中,小小的一团瑟瑟发抖,又伸出受了伤的爪子默默舔着。

L虽然惊讶于白猫的出现,却也更心疼金色的小猫,小心地把猫儿抱起,轻柔地抚摸着它的背。

那猫儿异常亲他,不仅不害怕,反而跌跌撞撞往他怀里更深处钻。

L也任那猫儿在他雪白的衣上踩,只在它顽皮抓不住要掉下去时伸手又把它托进怀里。他面上笑意渐浓,已是许久没有这样笑过。

"猫儿,你可是……"
小猫歪着脑袋看他,眼睛里满是不解:"喵?"
听不懂。就像他在梦中听不懂阿Y说的话一般。

金色猫儿玩了一会儿,两爪扒在他的手臂上,又探头出去看地上两只。

黑猫似乎没那么气了，一条长尾巴懒洋洋地在石板路上打着。而白猫则一直看着金色猫儿，见它看过来，就轻轻"喵"了一声。金猫闻声，一下就蹿了出去，坐到白猫身边。

黑猫耳朵动了动。

似是接到了什么讯息，金猫又小心地走近了黑猫，软软地叫着，尾巴悄悄地绕上黑猫的。

黑猫终于被劝服，将头靠近金猫，低头舔了舔它的脖子。

三只猫儿在他眼前闹了好大一通，这才一同抵头将鱼分食。

L 定定地看着它们，不知这是奇缘巧合还是什么。

L 蹲下身，对金色猫儿伸出手道："跟我回去，愿不愿？"

他怕阿 Y 又受了委屈，又落得人人喊打，他想带它们回去，护它们周全，不再让它们受苦，不再在这世间流浪。

猫儿喜他，见他伸出手来，几步蹿到他身边。

L 微笑，刚想抱起它，就听到又是一声"喵"。一抬头，那黑白两只正直直地看着他们。

金色猫儿转了身，扭头看了 L 一眼，又走回去了那两只猫儿那里。

它方才伤了爪子，走得一瘸一跛，却跟着它们走远了，再没有回头。

L 在此地停留数日，也去探查了这镇上的望台。

一来到这里，诸多回忆便翻涌上来。他曾彻夜与 Y 共同规划望台图纸，烛火下的 Y 略显疲惫，但是眼中却跳动着光彩。后来经过多年努力，第一座望台被建起，Y 拉着他去看，兴奋地同他展望未来。

再后来……

此时，这里的望台已经十数年不经修缮，许多地方破败了，其上也没有人再守卫，正如它们的修建者一样，再不会有被唤醒的一天。多年前 Y 的倒台，让起先加入的家族们纷纷散去，基本只剩下 L 氏还会派出一些小辈监守，只可惜一个家族的力量终究有限，原本在广袤土地上被控制的妖兽祸害逐渐死灰复燃。

L 抚摸着布满灰尘的柱子，当初 Y 是如何想的呢？是真的只想着黎民百姓，还是有什么其他的目的呢？他是以什么样的心情，不顾那么多人的反对，建起这一切的呢？

他们相处时，他觉得二人彼此心意相通，一个动作一个眼神就能知道对方的意思，可现在却又觉得从来没了解过他，只剩下这残破的建筑，在风霜中无声地诉说着。

"二哥。"

他仿佛听见 Y 的声音就在耳边。

"二哥，我们上次来此地买茶时碰到了妖兽，我侦察后发现旁边的灵山正适合修建望台，不知你觉得如何？

"到那时，他们就再也不用苦等过路买茶的修士，再不会受这些祸乱困扰了。

"我小时上山拾柴，就被妖兽害过，跑得鞋子都丢了，满身是血地回去，还被骂了。哈哈哈，真是可笑……

"二哥你看……"

L 登上台一看，原本放在塔上的镇邪兽像竟然已经被人偷挖去了银质的眼珠，空洞的眼眶静静地见证着这人世苍茫。

天地间哪里有答案，哪里有对错，哪里有正邪？

"喵。"

他的思绪被一声猫叫拉回，低头一看，正是那只金色的小猫亲昵地蹭着他的脚边。

L 蹲下身，摸了摸它："你怎么也在这儿？难道你们平时住在这里？"

"喵！"

"这样啊……"他摸了摸猫儿的脑袋，抱着它环顾这破败的塔楼，虽无法再像 Y 所期望的那样为百姓镇邪除恶，却好歹为它们庇护了一片天地。

不多时，小猫便在 L 的怀里呼呼睡着了，看着它毫无防备的模样，L 心底一片柔软。

阿 Y，你我若真的只是只猫该有多好。哪怕你不知我，我不懂你，也能相伴一生。

几日后，他准备离开这座城镇。又到镇外的界石边，他想回头去看一眼那苍翠的地名，转头的刹那仿佛听见 Y 的声音在耳边："二哥，你看这地，写着是'浣京'，读起来却如'幻境'。人生如幻，可不知什么时候就沧海桑田物是人非了。"

"阿 Y 观察得可真是细致。是啊，兴许下次再来，就已经不同了。"
Y 笑了。

他当时只以为 Y 在感慨世事无常，却不知他心底可能已知道自己不会善终。他们分明是这世上彼此最亲密的人，他却依然从来没懂过 Y。

就像梦里的那三只猫，虽然相互依存，但从不了解彼此。

他走出城镇，一阵风吹落杏花，吹散回忆，擦过他的面。潮湿的石板路上沾上几片带香的花瓣。他远眺过去，正看见那三只猫儿，金色的那只好奇地低头闻花，白猫和黑猫都偎在它身边，等着它，看着它。

END ⊠

WHAT IS THE TRUTH

WHAT IS THE TRUTH
————
SO SERIOUS

why are y

丛 前 共 你 促 膝 把

所以他很珍惜这一段懂得
很珍惜W
如同W珍惜他一样

两位老师
关系
为何那么
u so serious

酉　倾通宵都不够→

两位老师关系
为何那么差

— ▷01.

　　在娱乐圈里常听人提起这样一句话：如果你讨厌一个人，就让他在夏天拍古装剧。

　　X 以前不太了解，经过这个夏天，还真算是彻底体验了一回。

　　没啥水花的小明星，最低谷的时候十八线都算不上，但无论如何现在也好歹混了个男主的戏了，虽说只是网剧。

　　X 和 W 就是这个时候认识的。

　　W 比他出道早，成名也早，他算 N 线小水花，W 怎么也算四五线的明星。但这次网剧的番位却被他压着了，这让 X 有些意外，毕竟他没权没势的，要欺负他还是很容易的。

　　大概是春末的时候，网剧开机了，整个剧组一起对着镜头合影，他们俩被安排在了一块儿。制片人早早就说过，希望他们好好交流，作为这部剧的双男主，他们在这部剧里对手戏最多了。

　　X 相对 W 而言比较外向，虽然心里有点抗拒，但还是笑着点头道好，可等制片人一走，他一时又实在打不开话匣子。

文/阿杉哩
搞CP重度患者

归根结底，这事还是要算在 W 头上，他这人长了张生人勿近的脸，周身的气场也强大得可怕，总觉得要是说了什么他不喜欢的话，就能被一个眼刀剐死。

X 暗暗在心里吐槽他，年纪轻轻的，怎么总跟个小老头一样，无聊刻板得很。

于是他撇撇嘴，放弃了套近乎的想法。

两个人的关系并没有随着剧的开拍而有什么实质性的变化，大概是因为 W 天生冷脸，他们除了对戏以外无多交流，离开摄像机之后，本来最应该打成一片的两个人，却总成为片场的制冷中心。

比如前一秒 X 还在和另一个演员开玩笑打闹，下一秒 W 过来了，他就会立刻收了笑容，端端正正非常礼貌地打招呼，嘴角的弧度再多一分都舍不得。

两位主演的关系也就成了剧组的难题。

由于原著 IP 的强大，这部网剧一开始拍摄就引起了极大的关注，而 W 和 X 僵硬的关系不知怎么的就传了出去，传得沸沸扬扬，在热搜上挂了半天，说他们俩不和，在剧组经常给对方冷脸，见面连招呼都不会打。

但最严重的问题还是两人粉丝之间的战争，今天说你家爱豆蹭我家热度，明天骂你家抢我家流量等等，再加上原著粉对这部网剧的期待值大大降低，网上的黑子已经开始了各种群嘲。

剧组主创叫苦不迭。

在热搜好不容易降下来后，制片人揣着一颗真诚的心，把 W 拉到了一旁。

"W 老师啊。"她望着 W 的手含泪道,"你就委屈一下,和 X 老师做几个月朋友吧,好吗?"

 02.

W 表示很冤枉,非常冤枉。

入行没多久,他就被经纪人教育了一番,说他人太冷了,对谁都没什么表情,让他改一改。可过了一段时间,公司又来跟他说,他这种清冷寡言的冰山形象很吃香,继续保持。W 很蒙,非常蒙,他觉得自己也没刻意怎么样,就是普普通通不爱笑的一张脸,总不能因为面相没那么柔和就说他脾气差要大牌吧。

不过制片人这么一说,他还真有些委屈了。

那个谁,X 啊,分明就是他看不惯自己嘛,每次只要他出现,X 再开心的笑脸都会一下子面无表情起来,对戏的时候也没那么热情,永远都是把台词过完,情绪到位,导演一说好就停,多余的话一句都不会说。

W 很受伤,总觉得是自己性格的问题,再加上他觉得 X 不喜欢自己,于是话就更少了。他本来就不太会说话,担心说多错多,这事对他的打击还挺大的。

但既然制片人都开口了,他怎么也得克服克服,明天开始,先和 X 好好说说话吧。

W 带着这样的期盼入睡了。

结果第二天,还没等他整理好心情去和 X 打招呼,X 就热情洋溢地凑了过来,笑得露出了八颗牙齿,白白亮亮,一咧开跟反射了阳光似的,看得 W 恍惚了一下。

182

X 塞给他一杯咖啡，还有一份三明治，说是绕了好几条街去买的，是很有名的一家店做的。

W 早上已经吃过了，摆摆手想拒绝，可又想起昨天答应制片人的事，还是微笑着接了下来："谢谢哥。"

现在轮到 X 愣在原地了。

"嚯。"他戳了戳旁边助理的胳膊，"你看到了吗，他冲我笑了！"

助理"啊"了一声："他还叫你哥呢。"

"嚯！" X 打了个响指，"作战成功。"

作战计划——呃，是 X 自己想的中二代称，实际上是为缓和与 W 的关系制定的计划，第一步就是给人送咖啡，聊聊天，虽然聊天暂时没能实现，但 W 居然对他笑了，这简直比聊天的成就还大。

制作"计划"的起因是经纪人昨天来找他谈了话，让他无论如何要处理好和 W 的关系，就算心里再讨厌也必须去，好不容易接到一个好剧本，因为这种事情闹起来实在得不偿失。

X 表示很冤枉，非常冤枉。

他只是觉得，W 本来就不爱说话，又算圈内前辈，既然不愿搭理他，自己又何必去讨 W 嫌呢？况且番位还被自己这种名不见经传的小人物压了一筹，心里估计气闷得很呢，不爱理他也正常。

要说故意冷着他，甚至讨厌他，那是完全没有啊，难道一开始不是 W 看他不顺眼吗？

X 得了一点甜头，心情好了不少，也算是完美开启作战计划了，开开心心化了个妆，很快便投身到了工作中去。

拍古装除了热以外，还有一个大问题就是需要吊威亚，更不用说这种仙侠剧了，整天都在天上挂着，这对于 X 这种奔三的人来说还是有点痛苦的，连拍了几天的戏，腰都快断了。反观 W，因为从小学习舞蹈，身体柔韧灵活，吊威亚不在话下，武打动作更是比他漂亮许多。

术业有专攻嘛，X 虽然羡慕嫉妒，但恨就不会了，有时候还挺爱看他拍打戏的，确实很养眼，月白色的长衫被鼓风机呼呼吹起，颀长的身影背光而立，挽个剑花，足尖一点飞檐走壁，忽略掉空中的钢丝，还真是翩翩公子皎皎明珠，叫人移不开眼。

于是同样也被吊在一边的 X 就这么看着飞了一套武打动作的 W 走神了。

好看的事物谁都想多看两眼，这也怪不得他，偏这神走得太不是时候，工作人员都没注意，直接拉着威亚把人往下放了，等 X 一个激灵回过神来时，已经控制不住动作往下摔了去。

"哎哟"一声，右肩着地，X 趴了许久都没起来。

所幸不是很高，没伤着骨头，但 X 后肩连着背肿起一大片，看着太吓人了，导演二话不说连忙让人去处理一下，今天的戏也就这么搁置了。

然而拍戏的地方条件艰苦，去最近的大医院都得开几小时的车，就只能去小诊所了。X 一个劲说没事，跟着助理去诊所上了点药就回酒店了。

等他回到屋里趴在床上时，强撑的笑脸就垮了下来，连连叹气。X 觉得自己要么就是水逆当头，要么就是早上喝的咖啡里被下了药，怎么好端端地看人家飞个威亚也能走神？

助理敲门进来，瞥了眼他肿的肩，把一袋药扔到了床头柜上："你看看你的眼里的红血丝吧！扯出来都能打毛衣了，再不好好休息，你这伤怕是难好了。"

X侧着脸压在枕头上，愁眉苦脸地看向他："这肩膀可怎么拍戏啊，还有别的节目要录呢……"

而且要知道这样的摔伤一般当时不觉得有多疼，睡一晚上起来，第二天说不定床都下不了。

俩人正犯愁呢，门却冷不丁被人敲响了，助理跑去开了门，被眼前的人吓了一跳。

"……我来看看X哥。"W卸了妆换回常服，素净的一张脸看起来很像小孩子，"带了晚饭。"

助理回过神后心中暗喜，连连道好，看来作战计划真的有效。

---▷03.

X看着一边小桌上摆着的盒饭和冰摇红梅黑加仑沉默了。

刚才他简直经历了他人生中最尴尬的时刻，W突然来访，而他，正光着被红花油抹得如同烤鸭一般的上半身趴在床上，龇牙咧嘴，形象全无。

助理则像是特意给X制造机会完成作战计划似的，跟W说了几句话就开溜了，留下两个人大眼瞪小眼，颇有一种看谁能把谁憋死的气势。

X率先败下阵来："那个……谢谢你来送饭，饮料也谢啦，我很喜欢。"

"没事。"W手揣在兜里，似乎攥着什么，运动裤的袋子鼓起了一个小包，"咖啡的回礼。"

X缓慢地抬了抬右手，发现一牵动就疼得厉害，还是放弃了自己吃饭的念头。

"你……"X觉得自己快要尴尬死了，"还有事吗？"

W觉得自己也快要尴尬死了："你的伤，还好吗？"

哦，原来是来关心人的，就是不好意思说出口。

X笑了，忽然觉得W就是一脸皮薄的小屁孩。

"应该问题不大吧，没伤着骨头。"X扯了扯T恤，露出里头发红的肌肤，"被那诊所的大夫揉了好久，都快没知觉了。"

听完他的话，W居然伸手过去捏了一下，手刚碰着那块皮肤X就疼得一抖，但W浑然不觉，指头微微用力，X立刻惊叫出声，差点没把茶几给掀了。

"啊！" X扶着肩膀倒向一边，"你……我知道你讨厌我，但也没必要下手那么狠吧！"

W看起来有点蒙，大概是没想到这么严重，表情一下就瘪下来了："对不起，我……对不起，我就想看看你摔得严不严重。"

"现在看到了吗，严重！" X咬牙瞪了他一眼，"有什么深仇大恨以后再说！今天放过我！"

W有点委屈地摆摆手："我真没……"

他这才把一直揣在裤兜里的手拿了出来，掌心是一个迷你小瓶子，看起来像是治跌打损伤的药水，粉盖儿的，还挺可爱。

X眨巴着眼看着他。

"这是我一直在用的药，很好用的，一般涂了第二天就好了。"他把药瓶放在茶几上，声音低低的，听起来很真诚，"你要不要试试？"

X有些感动，这个人是真心地在关心他。

他拿起那瓶药水看了看，是日本产的，拼凑着几个中文能勉强看懂它活血化瘀之类的功效，拿在手里晃一晃，能感觉出来已经用了半瓶了。

X思绪一转，鬼使神差地问道："你经常用这种药吗？"

W看向他，轻轻"嗯"了一声："喜欢跳舞，也爱运动，就总受伤。"

X心底滑过一丝说不清道不明的情绪，就突然觉得这小孩还真挺努力的。

"所以，你要试试吗？"W再次真诚发问。

X使劲点点头："试啊！干吗不试。"

第二天拍夜戏，一进化妆间，X就感觉周围工作人员都在用异样的眼光看着他。

不，准确来说是忧心又满含同情。

X皱着眉戳了助理一下："怎么了？我脸上也摔到了？"

助理转过头来看他，轻声叹气："哥，辛苦你了。"

X有些莫名其妙。

等化妆老师来给他上妆粘头套，X就立马逮着他继续问道："你们今天怎么都怪怪的？是出什么事了吗？"

化妆老师正给他遮黑眼圈，闻言停下了动作，轻轻拍了拍X的背："昨天……W是不是去找你了？"

X点点头："怎么了？他来给我送晚饭呢。"

化妆老师轻叹了口气："辛苦X老师了，戏快拍完了，忍一忍吧，W也不是故意的，他年纪小，您多担待点。"

X就这样带着疑惑完成了这场夜戏，不过也多亏了W，他的药确实厉害，涂了一次肿就消了，今天早上再涂了点，就已经不怎么痛了，虽然刚涂上去会火辣辣地疼。

两个人的关系也因为这次的事有了些许缓和，X发现，W其实是挺乖的一个弟弟，嘴巴笨，但心是很好的。于是两个人在片场破天荒地聊起了天，甚至开起了玩笑，看得周围的人都有点惊讶。

卸完妆，俩人都没急着走，坐在化妆间聊天，聊到一半，W 突然有些委屈地说："今天制片人找我，让我尽量对你好一点，别把关系弄得太僵……"

X 一愣："啊？"

"我对你不好吗？" W 问道，"我有把你当好朋友的。"

X 一阵恍惚地说："哦……我今天也觉得怪怪的呢，他们好像……"好像误会了什么？

不过听到 W 说他把自己当好朋友，还真是有点受宠若惊。

X 咧开嘴笑道："哥也把你当好朋友的，之前一直对你挺冷淡，是觉得你可能不太喜欢闹腾，就不敢打扰你。"

"没有啊。" W 也笑道，"我性格有点慢热，所以一下没能聊起来。"

"那以后多聊点。"

"好。"

作战计划更进一步，X 心花怒放，和 W 一起回的酒店，快到房间时突然想起了什么，又问道："那个，W 啊，你怎么知道我喜欢喝冰摇红梅黑加仑的？"

W 乖乖地笑了一下："X 哥你不是经常喝吗？我都有看到。"

"这样啊。" X 朝他摆摆手，"休息吧，晚安。"

不得不说，反差好大。X 看着茶几上摆着的，喝得见了底的空杯，有些晃神。

不爱说话不爱笑的 W，其实是个很细心的人啊。

在 X 锲而不舍地追问下，他终于问清了那天工作人员表现异样的原因。

敢情是 W 给他上药的时候他喊得太吓人，路过的工作人员误以为 W 故意欺负受伤的 X，因而对他深表同情。

X 真是哭笑不得，几番解释下才让工作人员们明白原委，可貌似他们也没对他和 W 的关系有什么改观。

戏拍到尾声时，W 约他去吃了一次火锅，X 是火锅的狂热爱好者，一听他说去吃火锅立马就答应了。约的店挺有名气的，X 到的时候看到门口排了不少人，但 W 告诉他直接上二楼就行了。

开了个小包间，X 入了座，不禁问道："你不是也在片场吗？怎么排到的？"

W 抿着嘴笑了笑："找朋友帮忙排的。"

X "哦" 了一声，有点小感动。

火锅上来后气氛就热了，拍戏时要管控饮食，但既然都快拍完了，他们也就不顾虑那么多了，点的东西大多都是肉，一盘接一盘下肚，吃得 X 整个人都热乎乎的，感觉毛孔都在散发着热气，不过爽也是真的爽。夏天吃火锅就和冬天吃冰激凌一样，很得劲儿。

但很快 X 就发现了不对劲，W 似乎……吃得很艰难。

X 看着他吃几口肉喝口饮料，嘴唇辣得都要肿起来的样子，皱着眉问道："你吃不了辣吗？"

W 实诚地点点头："不太能吃。"

"啊？那你干吗点辣锅啊！" X 又给他开了瓶牛奶解辣，"要是辣坏肚子怎么办？"

"不会的，也没那么辣。"W倒了一小杯茶水，把肉放里头涮了涮，"就是听说这家辣锅是最好吃的，我很想试一试……总要试一试的。"

X笑了一声："这有什么，你点鸳鸯锅不就好了，要是吃不了辣还能吃清汤的。"

谁知W特别认真地看向他，嘴里还嘶嘶地哈着气，说道："你们爱吃辣的人不是都看不起鸳鸯锅吗？"

X一愣忍不住笑出声来："你听谁说的，你怕我看不起鸳鸯锅啊？"

W有点不好意思地点了点头："也不全是……我就想跟你好好吃一次辣锅。"

跟人约饭也不是第一次了，但X隐约感觉这顿饭吃得很像散伙饭。

他心里有些触动，W像是在迁就他，约了这么一次只有他们俩的饭局，吃了一顿气氛浓重的火锅，最后还要像小孩子一样，固执地尝试辣锅。

而他亦很痛快。

X想，W是真把他当好朋友的，这小孩从来不说假话。

不久后，戏杀青了，证实了X的猜想，这次火锅真的是散伙饭。W是特地找他，道别离。

─▷06.

其实杀青那天，X是有些不舍的。

他一个小明星，之前拍的剧质量都不是特别好，好不容易接到一个不错的剧本，简直是打了十二分精神拼了老命地去拍戏，就希望多多少少能有点回报。

同时，他对这部戏的投入有多深，对合作伙伴的投入就有多深。简单来说就是，他舍不得这些朝夕相处的人。

自然包括 W。

一开始虽然是阴差阳错的相看两厌，但他们本来就没有什么过节，没必要针锋相对，误会解开以后，关系很快就好了起来，至少对于 X 来说，拍这部戏能认识 W，是很幸运的。

W 说得少做得多，会默默记下他喜欢的饮料，顺路时总都会给他捎一杯。知道他打戏练起来不轻松，就趁着休息时间帮他顺动作。

最后一场戏是在晚上的，棚里温度高得惊人，X 坐在道具屋檐上，望着底下忙碌的工作人员发呆，W 就默默走到他边上，也跟着坐下来，两个人都穿着厚厚的戏服，但好像不知道热一样，肩膀都贴到了一起。

X 突然说："最后一场戏了啊。"

W "嗯" 了一声。

"你接下来工作忙吗？"

W 摆弄着手里的道具剑："忙吧，不知道，你呢。"

"我啊……"X 自嘲起来，"我这么糊，能有多忙啊，估计要在家抠脚了。"

W 也笑，却摇了摇头："哥你会红的，你很厉害。"

X 看着他 "喊" 了一声："又开始了是吗？"

"是真的啊。"W 眸光熠熠，"你演戏有天赋，总有一天会被人看到的。"
安慰也好，真心也罢，反正 X 觉得自己被暖到了。

"行。"他搂住了 W 的肩，拍了拍，"承你吉言，下次见面，我可不能还是个 N 线明星了，不然丢你的脸。"

"怎么会丢我的脸？"

"怕我太糊你不跟我做朋友啊！"

W 笑："怎么会。"

他当然不会，X 也知道。

他只是希望，他们再见面时，两个人都可以越来越好。

—▷07.

大约一年后，戏播出了，反响惊人，X 和 W 一炮而红，流量话题接踵而至，瞬间成为顶级流量，甚至直逼一线。

X 一开始还不太习惯，等逐渐意识到自己红了以后，心里还挺感慨的。

紧接着他和 W 开始了新剧的宣传活动，时隔许久又见了面，但很奇妙，两个人居然一点没觉得生分，X 很庆幸。

再接着，剧就播完了，营业期结束，他和 W 又恢复到了之前的生活，偶尔联系，许久难见。

红了以后是非多，X 常常觉得累，但又常常会想起那晚，W 看着他说"你会红的，你很厉害"，眼神无比真诚，让人一秒信服。

也许是在一条路上追逐着同一处光，X 觉得 W 很懂他，有时候相爱都不如懂得来得珍贵，这是 X 年近三十才悟出的道理。

所以他很珍惜这一段懂得，很珍惜 W。

如同 W 珍惜他一样。

—▷08.

年末一场跨年盛会上，X 和 W 一同受邀，吸引了全场的目光。制片人十分欣慰，看他们俩的努力终于有了回报，心中感慨，举着酒杯就去找他们敬酒。

此时两个人正躲在角落里聊天，制片人刚想过去，就突然看见 W 往 X 胳膊上打了一下，表情还挺冷的。

制片人有点蒙。

然后 X 也伸手给 W 来了一下,紧接着就是来来回回没完没了的互拍。

制片人叹了口气。

唉,都快两年了,两位老师的关系为何还是这么差啊!

 END✉

 你觉得你的缺点是?

 我有吗?没有。大概是帅气,但太高冷。

每每看到小朋友都觉得,不服老不行了。 X

 你觉得对方的缺点是?

 哥仗着比我大天天欺负我。

你嘴上把我当哥哥,行为上有哪点把我当
哥了。

W:好,哥的优点就是没有缺点,缺点
就是优点太多。

你闭嘴吧你。

MA
2-K

扶他柠檬茶
文

我没有朋友
曾经 有一个勉强能算的人

GICIAN
LLER

杀手与魔术师

但　　他已经死了

杀手与 魔术师

文/扶他柠檬茶

严肃的文字工作者。已出版《谁都不服就扶他》《谁都不服就扶他2》《云养汉》，更多趣闻关注微博@扶他柠檬茶，包治百病。

Y 其实不是很喜欢每天睁开眼睛就看见天花板。

和普通人理解的世家生活不同，Y 和弟弟们的生活内容丰富到了一种令人茫然的程度。绝大部分时候自己都处于自由行动的状态，只要不像某位弟弟那样做出离家出走之类的事，就都在家里的许可范围内。

但就像许多家族企业一样，Y 的家里也有令 Y 觉得窒息的事情，例如父母会偏爱最小的孩子啦、长辈有时候会做出任性到叫人无法理解的决策啦……

但总的来说，Y 对自己的人生感到满意。他最疼爱的小弟不喜欢他，也许是他为数不多的人生阴霾之一，而另一朵阴云，名为 X。

X 这个名字躺在他的手机联络人里，无论名字还是号码都改了许多次，甚至还有两次被他标记为"已死亡"。

X自称魔术师。如果用X现在的名字去查，大约能查到45年前一场同名魔术师的表演秀。考虑X的年龄问题，Y觉得他应该并没有举行过自己的魔术表演。

"我想看些其他的戏法。"有次完成任务，两人在飞空艇的酒吧区偶遇，Y向X提出了这个不算过分的要求，"不用念能力的那种。"

X握着一沓纸牌，摆弄了许久。如果不用念能力，那纸牌也只能是普通的纸牌，而不是为魔术师而特制的道具，也没有在观众中安排托儿。Y第一次看见X天衣无缝的粉彩妆容出现了裂痕。

"没人规定魔术师一定要会魔术吧？"X试图用这种谬论挽回尊严。

"毕竟，魔术是对视觉的要求，只要视觉上看起来有效就可以视作成功的魔术了。"

偶尔看着天上的云发呆的时候，Y就会想起那天X扭曲的表情。

和自己不同，X不是单纯收取报酬替人办事的家伙——这样说来，也许自己真的没机会看他正儿八经地表演魔术了。

男人的名字还躺在手机联络人里，像枯萎的花散落的花叶，明明已经不可能再次鲜活，却在腐烂的前夕仍能爆发出另一种濡湿的艳丽。

Y知道，这套名字与号码又被弃用了。

自己的手机号、名字、住宅地址，从出生开始就没有换过。

不会变魔术的魔术师本来就不可靠，说白了，就是骗子吧？

去年的这个时候，X在天空之城挑战了K。这场决战引发了现象级的赌盘。

　　和 K 决战，不受其他干扰，这是 X 嘴里的梦想。他在 Y 面前絮絮叨叨说过许多遍，还问："你觉得我和 K 谁能赢？"

　　"K。"Y 毫不犹豫地回答。

　　他不否认 X 很强，从战斗力、念能力和战术综合评价，无论在哪个层面 X 都很强。纯粹考虑硬碰硬的战力，K 的能力也许顶多只能算是念能力者的平均水平。

　　但 K 是战略型选手。

　　战略和战术，完全是两个维度的东西，K 的胜利毫无悬念。

　　这绝对是巨大挫折。X 思考片刻："要多少钱才能让你改口说我赢？"

　　Y 开了友情价。很快，他的账户收到那笔改口费。

　　"我觉得你赢定了。"Y 很笃定地和 X 说。

　　事实上，赌局开始后，他直接将自己所有的个人资产都拿去赌了 K 赢。

　　在决战后的混乱后，Y 已经许久没有见过 X 了。也许是死了吧，Y 想。

　　他想象过许多次 X 死时的情景，无论怎么想象，自己的心里都没有一丝波澜。家里并没有"不许有朋友"这种毫无道理的限制，Y 纯粹是觉得"朋友"这种存在太麻烦了。这世上有许多事情可以做，需要朋友的场合微乎其微。

　　直到几个月后，那片腐烂的花瓣忽然被风从土层下重新吹到他眼前，尽管只剩下几缕干枯残丝——X给他来了电话。

"我还活着哦。是不是感觉心有灵犀？"

那人的声音依旧起伏剧烈，但包含着一丝以前不曾有过的疲惫。

"是的。"Y说。虽然刚才自己正在考虑要不要联系逃家的弟弟，问他是不是想回家吃个饭。

X现在身处的地方很难到达。K并不打算再让他有回到视野里的机会，于是向黑道开了针对X的天价悬赏。

"啊……以前曾和K一起被黑道悬赏过的，这么快就只剩下我一个人了……"

"是因为你没有遵守决战规则，跑去解决了K的同伴泄恨啊。"

"那是因为K根本没有好好和我决战嘛！"

通话陷入寂静。

说起来也真是恶心啊，明明是个高大的男人，可X说话的时候总喜欢用那些小女孩才会用的语气词。

Y的思绪跟着寂静而暧昧的通话放空着飘散。直到X的声音打破空白。

"虽然感觉会听到令人失望的回答……"声音停顿片刻，电话那头，那人低低笑了许久，才继续问出那个问题，"Y，你要不要来见我？"

"你想雇佣我吗？如果不是非我不可的任务，我可以推荐家里比较可靠的执事。"

"朋友之间的会面不可以吗？"

"我们不是朋友哦。"

"那么，不是雇佣，也不是朋友，你要不要来见我？"

通话至此中断。

作为一名杀手，Y 其实不是很喜欢自己的这个工作。

并不是说职业歧视啊、不喜欢没有保障的工作啊、不喜欢家族企业啊、不喜欢战斗啊或者什么的，纯粹就是觉得很无趣。

工作内容太雷同了，像刺胞动物的蔓延，一点新意都不会有。每一份委托的格式都被助手整理成固定表格——地点，目标，确认死亡。

到底什么样的人才会喜欢这种反复而又枯燥的工作啊？换句话说，如果在杀手工作中加入些娱乐要素，比如陪受害者进行歌唱比赛，如果对方赢了就可以放他活命这样……不，还是算了，这样的话，太没有职业道德了。

严谨的职业，果然是伴随着枯燥乏味的工作内容的吧？

所以 Y 和 X 的差异大得像矢量的两端。

X 有职业道德吗？不，他有道德吗？Y 讨厌反复无常的东西，曾经有几次——当然啦，只是有几次，他和 X 独处时感受到了其他人所说的"胃都要绞起来"的感觉。

"你家的弟弟们不也是很反复无常嘛？为什么只讨厌人家啊？"终于有一次，X 察觉到了他的异常。

Y 的二弟也是有点脱线、喜怒无常的性格，但和弟弟相处时，Y 只会觉得无聊，疯了般地无聊。

一定要类比的话……

"和你在一起的感觉，让我觉得和跟小弟相处时的感觉很像。"

——那是他最喜欢的三弟，是能干得出对家人动手、离家出走这种惊天动地大事情的弟弟。

人可真是双标又无可救药的东西，一边厌恶父母对小弟的宠爱，一边自己也很喜欢小弟。

X捂住脸："真是的，突然就说喜欢和我待在一起这种话……"

"我没有说。你不要自己胡思乱想。"

"太激动的话我会忍不住干掉你的哦。"

"你这么做，会给我添麻烦的。"

Y从前就估算过彼此的战斗力，他与X能力差不多持平，真的拼杀起来谁都没有好下场，是亏本到极点的买卖。

Y决定去见X。

飞空艇大约需要三个月才能抵达X现在的藏身地，如果把消息直接转卖给K，至少能得到几十亿的报酬。

但Y考虑到K是他的老主顾，老主顾是很珍贵的，最好还是不要用这种强买强卖的情报乘人之危了。Y发誓自己就是这么想的。

登上飞空艇的时候，他又有了那种"胃都要绞起来"的感觉。这一刹那，Y忽然有种彻悟——对，就像神学中所说的，信徒突然感到自己与神明大人有了联系之类的吧——又或者只是单纯的走神……

我不是正在做着反复无常的事吗？Y问自己。

选择去见那个人这件事本身，就已经够无常了。这不是有任何意义的娱乐活动，不是出任务，不是额外委托……

他只是想见X。

某种原始动物选择长出下巴，继而开始成为顶层捕食者。宛如这般神奇跳脱的逻辑链，Y 开始担心自己将 X 视作朋友了——麻烦的关系滋生了，不好，果然还是应该委托父亲或者爷爷去解决掉 X……

　　登上飞空艇的脚步又撤了回去。他拿出手机想联系父亲，X 的电话在这时打了进来。

　　"——你是不是准备出发来见我啦？"

　　"不，我打算委托父亲来干掉你。"

　　"我还以为我们离见家长的环节还有很长一段路呢，我可一直都觉得 Y 你是传统派的家族长子……"

　　"不，只要下委托，父亲或者爷爷就会去见。到时候麻烦你不要说奇怪的话，尊重一下我们的工作，好吗？"

　　"啊啊，Y 可真是的，你知不知道你很麻烦啊？"那人在电话那头笑得很猖狂，但伴随笑声而来的还有咳嗽声，"这样好了，我下一份委托，委托你来解决我。"

　　不是划算的生意。Y 很快做出判断。

　　"我没有百分百的胜算，还是委托父亲比较好。"

　　"你有的。真是拿你没办法……"

　　紧接着，Y 的账户收到了一笔钱。金额远比普通委托来得大。

　　家族从未接到过这个金额的订单。

　　作为从来明码标价、务实工作的杀手世家，Y 的家族在世界范围里都以服务到位深受好评。

　　价位根据目标的强弱程度来定，有明确的价目表，绝不会胡乱加价或者允许反悔。

一般来说，价码的封顶额度对应的是"家族所有人合力出击都无法保证可无伤亡完成"的任务。

也就是直接买下家族成员性命的价码。

X 给他打过来的是这个价码，备注是"买下 Y 的价格哦"。

——不想接单就把它退回去，不退款就说明愿意被买下。

Y 在飞空艇的登机口犹豫很久，他的无名指隐隐作痛。

Y 其实不是很喜欢思考。

X 不是第一次这么做了，在很久之前，他也曾委托 Y 杀了自己。实际上那场刺杀更接近 X 自导自演的表演秀，他还多此一举地在两人的无名指上用"念"做了戒指，确保没有任何一方会反悔。

那次的结局是刺杀失败，Y 根本没机会动手。

订单无效，退款，保留定金。在这样简单的常规步骤后，Y 和 X 就没再见过面。

结果，无名指上的念力戒指也没机会被取下来。

这也导致过某些尴尬的局面。比如 K 这种人，看似精明圆滑，却会当着所有人的面问 Y："你无名指上为什么留着 X 的'念'？"

"X 称它为'誓言戒指'，确保他会死在我手上。"

K 是个擅长思考的人，X 是个不知道在思考些什么的人，Y 是不喜欢思考。如果被挤在这两人中间，他宁可退掉来自双方的所有订单，赔偿天价的违约金，然后回到自己家的卧室好好睡一觉。

"X 会死"是他们的共识，至于死在谁手上，Y 根本不在乎。只有 K 在乎——他想亲手杀了 X。

之前也说过，X 是个没有道德的人，但这并不意味着 K 就有道德——Y 想。X 在与 K 的决战失败后，杀了 K 的同伴。这类延后报复听上去十分不堪，不过 Y 还挺爱听这些边角料的。

听边角料不需要思考，看 K 对着空气冥思苦想也不需要思考。不需要思考简直棒呆了，能让 Y 在无关自身的事件中如植物般活着，把所有的精力投注在家人和工作上。

家人是最重要的。

温暖的家庭才有助于大家保持工作的动力。

在明白他内心的排行榜后，X 就时常缠着他："Y 你再这样无视我，我就干掉你的家人哦。"

对于这种会威胁他温暖家庭的存在，Y 采取最理性也是最无成本的方式——偶尔安抚 X 两句，或者出来喝个酒，看他蹩脚地变兔子戏法。后来 Y 回想就觉得，自己果然亏大了吧？这家伙根本只是动动嘴，不花一分钱，自己就无偿地花费时间陪着他？

直到今天，他被买下了。

飞空艇载着 Y 飞向 X 的藏身处，Y 落地后就开始了针对刺杀目标的搜查，单独完成任务，无论生死。

搜查很简单，没有难度。离 X 越近，他无名指的"戒指"就会越发传来刺痛。那是座偏僻的小城镇，X直接告诉了他自己的坐标——在山坡下的一栋小屋里。

Y抵达时正值清晨，这令他的心情好了不少，尤其是小镇的清晨并不嘈杂，还保留着泥土和露水混杂的味道。Y喜欢这种味道，喜欢到经常将自己埋在泥土中安睡。

很快，他们见到了彼此。这场重逢毫无戏剧性，Y推开门，X在室内，活着，仅此而已。

只不过Y从未想象过X是以这副样子活着。

"好久不见，"他说，露水和泥土的味道越来越浓重，"喜欢我现在的样子吗？"

人类——不，哪怕是常理中的生物，根本不该以这种状态活着。

Y在那座小屋里住了一段时间，和家里报了休假，这是他为数不多的几次休假，Y对父亲声称是去参加拍卖会。

Y偶尔会在角落发现一片X的身体组织，它们仿佛在捉迷藏，被他发现后，会缓慢地蠕动回X的主体。但它们结合不了多久，很快又会崩离。

"不知道会不会传染呢，毕竟是从暗黑大陆那边带回的诅咒。"

考虑到传染性，Y没有贸然接近他。屋外还有院落，门成了他们活动范围的分隔线。Y在院子里生活，他能听见室内传来的声音——突发性的尖叫或者笑声。来自暗黑大陆的诅咒也有影响精神的副作用。

不过那家伙的精神本来就不怎么正常。

有时候，X 会呼唤他的名字。

"我的身体变成了新的造型。Y，你要进来看看吗？"

——所谓"新造型"，不过是把崩离的肉块进行奇怪的组合，比如把脚趾装在耳朵上这类无聊的尝试。

"我会退款的。你根本不需要被杀，"Y 说，"你已经是死人了。"

"只是以一种更加零散的方式存活而已嘛。"

"你其实已经无法使用念能力了吧？催动你身体崩离与合并的力量是另一种力量。"

就像被寄生那样，那种力量才是 X 现在的本体。残留在这具碎散身体中的 X 只不过是少量意识的残余，而残存的意识也逐渐被诅咒侵蚀。

不过有个好消息是，诅咒似乎并不会传染。

X 对此表示惋惜。

"太可惜了。如果 Y 也变成这样，我们就能试着把两个人的身体组合拼凑了。"

不知怎么的，想象那个情景，Y 忍不住笑了出来。也许是因为他的笑容太稀罕，X 难得地安静了几秒，等他笑完。

"想一下用这样的身体去执行任务、去哄弟弟、去出差……"X 说。

Y 难得笑了许久。他想象出自己与 X 的身体一半一半地拼合，左右拼合，上下拼合，或者只有一个人的外形，里面全都是另一个人的内脏……

像矢量两端的两个人，忽然以这种纯粹的方式被拼合在一起，拼合处还带着蹩脚的缝合线痕迹……

"原来你喜欢听这种类型的笑话？我之前一直不知道。"

因为疲惫，男人放缓了语调。平日习惯了这人故意掐出来的尖声尖气，忽然听见他正常的声音，Y 还是有那么点不适应。

"倒也没有觉得好笑……只是好奇你完成你的执念了吗？"

"你学会明知故问了。"

X 的执着就是不断挑战强者。如今变成这副样子，连生活自理都做不到，而且远离了暗黑大陆，诅咒在飞快侵蚀完他的意识后，他将无法继续保持活动。

"Y，我的自我意识假设还保有百分之十……"他缓缓抬起大概被称为"手掌"的肢体，几根手指次序错乱地悬挂在上面，"最后百分之十的我想和你跳舞，跳到意识彻底消亡为止。"

"你听过一个故事吗？ Y，在某个古王朝的故事。有一天，国王御前的小丑发现晚宴的客人中有一个是潜伏的杀手，于是小丑拉扯着杀手，和他在舞池中不断地跳舞，他们一曲一曲地跳下去，只要舞曲不停，杀手就无法摆脱小丑。"

"那为什么小丑不直接告诉国王，那个是杀手？"

"这样做就不是小丑，而是大臣了。"

"为什么杀手不直接杀了小丑？"

"因为小丑是唯一一个邀请杀手跳舞的人。"

小丑和杀手最后累死在舞池中间。演员的面具落地，露出他们的脸。

——X 控制自己身体的碎片演起牵丝木偶戏，用来作为面具的是他的指甲。Y 觉得，他要比以往任何时候看上去都像个魔术师。

Y 其实不讨厌跳舞。

他们每天都会跳一支舞，在清晨的院落里，或是在狭小的木屋里。然后在某天，X 的身体再也没有重新拼合起来。

他唯一保持鲜活的肢体是一截无名指，也许是之前的誓约戒指保护了它。在 X 死后，他留下的念能力并未转化为恶念。

这让 Y 有点意外，Y 原本已经做好准备，在 X 死后就砍掉自己的无名指，以防上面的残留的念成为恶念。

X 死亡的消息很快传了出去。悬赏令被撤销，这个人最后用过的假名彻底消散在人们的视野里。活着的时候那么嚣张的家伙，死后却如此没有波澜。

Y 仍然不觉得 X 是自己的朋友。当别人问起 X 时，他也会毫不犹豫地说："我没有朋友。"

尽管在最后的那几天他们会每天跳一支舞，每天演几场牵丝木偶戏，每天一起谈论关于暗黑大陆的那段旅程，或者聊起 K……但这仍不能算是朋友吧？朋友可不会用生死威胁对方。

作为杀手，Y 很讨厌那种没必要的死亡威胁。

"干掉你哦""干掉你的家人哦"之类的话，听上去就很轻浮，令人觉得不可靠。

如果是 Y 说出这种话，就一定会采取行动的；X 却不同，几乎每次见面都在说这种威胁的话语，却一次都没有实践过。

因为无名指一直很痛，Y 最后还是砍掉了它。

说来奇怪，疼痛并非源自 X 留在上面的念力戒指。医学无法解释，可能只是心理作用。他将 X 的手指接了上去。血型也好，种族也好，都不匹配，可仍保留活性的手指被完好地接在了他的手上。

可能是手指有了自己的愿望吧。人活得久了，就连肢体也开始任性了。

Y 之后的人生再没有发生过无常。就像父亲娶了同样来自杀手世家的母亲，他也娶了几乎同背景的女人。他们是同类，她不喜欢跳舞，十分有职业道德，是个可靠的妻子和母亲。

妻子对于一件事耿耿于怀："Y 几乎没有朋友来参加婚礼啊。"

"杀手需要朋友吗？"

"这种思维早就过时了吧？"

可是，只有一个勉强能算朋友的人，不过他已经死了。

"真可惜啊。如果他活着，就可以请他来参加婚礼了。"

只不过对于 Y 来说，如果 X 活着，自己的人生也许会继续无常下去，就像那名跳到筋疲力尽的杀手，与小丑一起累死在舞池中吧。

 END

 每当我想到X，无名指留下他"戒指"的地方总会发痒发痛。

文 / 空 明

WHAT IS THE TRUTH

WHAT IS THE TRUTH ------

It's al

OVER

因果报应 他们的命线死死纠

春雨依旧淅淅沥沥地下着
万物在雨中连绵不绝地新生
谁也不在乎是否曾有人无声无息地死去

锁 麟囊

Lover

理在一起　于是再也解不开了

It's all ov
WHAT IS THE TRUTH

锁麟囊

他教我收余恨、免娇嗔、且自新、改性情、休恋逝水、苦海回身、早悟兰因。

——▷01.

一霎时把七情俱已昧尽,渗透了酸辛处泪湿衣襟。

X 再次遇见白衣时,年方五岁。

距离那一日已过了许多年,那段往事久远得就像是一个传奇,被时光弃置在某个角落里,落上了经年的灰。当年的动魄惊心,今时就连茶余饭后也不再有人提起,因为毕竟都是前尘往事了。

那真的是非常漫长的一段岁月,久到自己尸骨成灰,黑衣道人青丝化雪,久到白衣仙长从一片混沌中苏醒,借着虚空中一股不知名的灵魄之力再塑仙身,重回这滚滚红尘。

人生百年,转眼悾惚,白衣的他与旧友斟一壶清茶两两对望,S姓黑衣道人添了沧桑,他却一如当年,两人相顾无言,泪已千行。恍惚间，竟不知今夕何夕。

　　沉默许久，白衣抬起眼眸，眼底闪烁着漫天星河，比过往更加明亮。

　　黑袍满怀感慨，他曾为白衣的眼睛内疚了许多年，没想到如今挚友重生又复明，实在是终其所愿。

　　白衣道长目光流转，缓缓掠过怀中一白一黑两把宝剑，一把清丽洁白、冷如霜花，一把通体乌黑、天生不祥。

　　他轻声说："前尘皆忘，就不要再提。"

---▷**02.**

想当年我也曾撒娇使性，到今朝哪怕我不信前尘。

　　白衣早已下定决心外出云游，自然没有过多停留，他婉拒了黑袍的盛情挽留，黑袍见他去意已决，也不好强求，只能送他一程。

　　行至郊外时，他们竟又遇见了那个命中的"劫数"。

　　"劫数"看上去只有五六岁，还是个伶仃稚子，却被村民们一路拖行着往荒野走，满身鲜血，奄奄一息，很可怜的模样。

　　"请问，这是怎么了？"白衣的心到底仁善，立即上前拦下了村民，黑袍长眉一蹙，显然是也不愿见这样血淋淋的场面。

　　白衣终归是拦下来了，于是他们听到一个添油加醋的乡村志怪故事，地上拖着的孩子是天煞孤星，他是遗腹子，母亲生产他时胎位不正，耗到油尽灯枯，母子二人都不幸身死，他没了气息半个时辰，竟又突然哇哇大哭起来，死而复生。村里的半仙说这孩子前世造孽太多，今生命格孤煞、亲眷疏离，是个祸星妖孽。

多亏村民心善，百家饭千家衣容忍他长到八岁，也不在意他个性孤僻古怪，可他实在时运不济，前几日竟然招惹上了瘟疫，病得半死不活，再不处置恐怕村民都要被传染，只得拉他到荒郊野外去，一把火烧个干净，免得让他再为祸世间。

孩子躺在地上，慢慢喘了一口气："你们最好，最好现在就杀了我，杀不死我，我会让你们都死得很难看。"

他的声音很低，已是气息奄奄，但口吻却是那样轻佻而笃定，仿佛陈述的是一件再平常不过的事。白衣对上他的眼，那眼睛亮得令人不寒而栗，写满了阴狠与怨毒，像是荒原上最后一匹游荡的孤狼，随时都准备拼个鱼死网破。

他满脸泥污、蓬头垢面，其实是看不大清容貌的，但那样一双熟悉的眼睛，令黑袍不由得浑身一震，长剑出鞘，剑尖直指稚子眉间，咬牙道："……竟然是你。"

孩子不甘示弱，用尽最后的力气瞪回去，眼神陌生而凶狠。

这个孩子有一种让人憎恶的气息，那是属于某种冷血的、恶毒的动物，让他们不约而同地想起了某个被诅咒过的名字。

他不怕死的挑衅更是激起了村民的怒火，暴民们恨不得当场将他打死，然而白衣拦在他们前面，半屈下膝，向着低到尘土中的稚子伸出了手："还请诸位把这个孩子交给贫道，他是妖是邪，由贫道来辨。"

孩子不握他的手，只是冷冷地盯着他看："你不杀我，会后悔的。"

白衣偏头看他，容光璀然，目似星辰，孩子怔怔瞪大眼，心中怅然生出一种陌生的怀念。

趁他走神，白衣当即反手一掌，劈晕了他。

分我一枝珊瑚宝，安他一世凤凰巢。

　　黑袍不喜欢这个孩子。

　　他已经不如当年潇洒肆意了，容颜里尽是岁月留下的倦意，但他仍然一身凛然正气。白衣也依旧清风朗月，眉眼如初，但彼此都默契地对少年时的梦想绝口不提——他们曾那样残忍地直面过人性最阴暗与恶毒的一面，也曾刀剑相向、口出恶言。

　　他们终归回不去了。

　　白衣垂下眼，不再去想那些，将孩子面上的血污擦干净了，露出他一副秀气的眉目，竟然是个出奇漂亮的孩子，难怪就算被断言命格孤煞，也有大姑娘小媳妇愿意施舍他一口稀粥。

　　"像他吗？"白衣突然开了口。

　　黑袍一时没会过意，愣了好半天才反应过来，恨恨道："……虽然不像，却一样有种令人生厌的气息。"

　　白衣垂眸，榻上的孩子仍然昏睡着，长年的饥饿与疾病让他的身体虚弱异常，薄弱的小小胸膛艰难地起伏着，一下又一下……脆弱得好像下一秒就要死去。

　　但是最致命的，却并不是这些耽于表面的病痛。

　　"已经转了一世，长得和上辈子不像，也正常。"

　　"听我一句劝，别再被他可怜兮兮的样子糊弄了。上辈子他那样坏，这一世也不会是个好人的，你难道非要等他再害你一次才知道后悔吗？"

　　"你难道还没有看出来？"白衣平静地说，"他的魂魄不全，生来就是要受苦的。"

黑袍眉头紧蹙："他的气息颤抖，体质虚浮，且命带凶煞，的确是早夭之象，这些我都知道，可你难道忘了他上辈子是什么样的？他屠人满门的时候，也才不过十五岁。"

"他的上辈子活得很糟糕，但这辈子是干干净净地新生，还没有犯过错。"白衣伸手托住额头，望着孩子的睡相，"既然这辈子我早早遇见了他，大概就是上天要我早早教化他，那么我就不会让他重蹈上辈子的覆辙。他前世秘法邪术用得太多，魂魄承担不起，早已大有损伤，死后堕入轮回，转世投胎后逐渐衰减，今生注定活不过十八岁。"

黑袍愣愣地看向白衣："你怎么会知道这些？"

白衣面无表情。

"因为我的魂魄，就是他用禁术招回来的。"

黑袍面色一变，白衣像是浑然未觉，慢慢地说："我相信人性本恶，但我也相信我自己。"

黑袍目光复杂地望向那一黑一白两把宝剑，长长叹了口气，没再出声了。

——▷04.

这才是人生难预料，不想团圆在今朝。

白衣与黑袍谈了很久，黑衣道长终于服了软，临走前嘱咐他，如有危难，一定要立即传书给他。

白衣——应下，送别故友离开，再返身回房时，孩子已经醒了。

"你什么时候杀我？"见他回房，孩子立刻警戒起来，强作镇定地抢问道。

"要是不杀我，你就放我走。"

他的喉咙受了伤，发出来的声音嘶哑艰涩，像是砂纸在刀锋上刮过。白衣蹲下身与他对视，孩子下意识地一抖，立刻连滚带爬缩到床角戒备地瞪视他。

"我不会杀你，也不会放走你。"白衣靠着床沿坐下了，侧着头看向他，"从今往后，由我照顾你。"

"我身上什么也没有，你得不到好处的。"孩子很谨慎，仍旧不肯靠过来。他像只受过许多苦的小兽，尚未长出自卫的獠牙利齿，只能依靠本能躲避伤害。

白衣从衣袖里摸出一颗糖，放在掌心给他看："我不会伤害你，你过来，我就把糖给你。"

男孩子面上闪过嫌恶的神情，皱着眉头道："我最讨厌糖，太甜了。"

"你怕甜，是怕它越发显出你人生的苦来吗？"白衣正要把糖果收起，却冷不防被孩子扑了过来，一把抢走了手中的糖果塞进嘴里，小兽似的白牙咬得糖果"咔咔"作响，他恨恨地瞪了白衣一眼，抿着嘴不肯说话了。

白衣笑了起来，伸手摸了摸孩子乱糟糟的头发。

"以前的日子不必再提，从今天以后，你就叫 X 了。"

"X？"他僵硬地念了一遍自己的新名字，眼底忽地掠过一抹暗色，白森森的牙在月下闪着冷光。

"道长，我最后说一次，你现在不杀我，将来一定是会后悔的。"

白衣淡然。

"好，来日方长，我拭目以待。"

最开始他们的日子过得磕磕绊绊，主要是 X 心里别扭，不肯听话。他像只养不熟的小兽，随时想着要逃走，他们住在山里，地形崎岖，往往都是到了天黑，迷了路的 X 才被白衣拎着衣领带回来。

他逃不走，索性就住下来，想方设法给白衣找麻烦，白衣性子温和柔顺，面对小孩子家幼稚的挑衅只是微微一笑，不接招也不生气，X 一腔愤懑挥出去，宛如落在一团轻飘飘的云雾上，想闹都闹不起来。

日子虽然有些小波折，但岁月静好，这样细水长流地过下去，在乱世中已算弥足珍贵。

过了一段时日，白衣又一次从集市上回来时，给 X 带了一件小小的道袍。

衣袂如雪，剪裁适身，和白衣身上那件是相同的制式。X 皱着眉头苦大仇深地举起衣服看了半天，说："我又不当道士。"

稚子被好好喂养了一段时日，身体逐渐盈润起来，露出一节藕似的白嫩手臂，盈盈发着光。

白衣道："S 所言非虚，你穿上道袍，的确有七分像我。"

X 像是想起了什么，脸色难看地噤了声。白衣装作浑然不觉，慢慢给 X 穿上了洁白如雪的道袍，最后垂着头为他系腰封的时候，X 突然问了一句："你为什么要对我好？"

白衣整理好了衣裳，为他拍平衣服上的褶皱，说："我自觉对你有义务。"

"……好吧，你要养我，那就养着吧，横竖我不吃亏。"他咬着牙抵抗了好一会儿，终于还是输给了那人揉入骨髓一般的温柔，选择了退让与屈服。上辈子的他没被人爱过，以至于从此遇见一点温情都恨不得飞蛾扑火，即使魂飞魄散也想多贪恋一刻。

哪怕梦总是要醒的。

隔了一会儿他问道："既然以后我们要朝夕相处，你总得给我个称呼，你叫我 X，我叫你什么？"

白衣支着下巴，仿佛是在思考，然后温声道："名字不过代号，就叫我道长吧。"

X 没出声，垂下了眼眸。

——▷ **05.**

在此间遇水患痛苦受尽。

他十二岁了。

X 的叛逆期来得太早，到了真正叛逆的时候反而乖顺起来。他越来越听话，越来越粘人，这多半也是身体的缘故，常年的病痛消磨掉了他的锐气，他再不能像当年那样恣意妄为了。

那时候 X 的身体已经开始显出衰弱的征兆了，每到夜晚，少年都会在痛苦中挣扎着醒过来，抽丝般的疼痛细密地囚困住他，虽然不是痛得无法忍受，可他却怎样也挣脱不开。

他怕痛，怕死，甚至怕黑，什么都怕得不得了，也实在是因为这几年被白衣宠得太过，导致他一点苦都不肯吃，一点委屈都不能受。少年第一次被散魂之痛惊醒时，哭号声几乎震动了半个夜空，白衣守在他的榻前，任凭孩子的眼泪打湿他的手掌。

"道长，我会死吗？"

他睁着一双水雾迷蒙又天真的眼睛，他不懂事，撒娇求哄的意味其实远大于恐惧，但白衣没有哄他，因为他心里清楚 X 的残魂之症只会一天比一天更严重，瞒也瞒不过的。

X 的脸颊埋在他的手掌心里，半天得不到回答，终于哭累了，迷迷糊糊睡了过去。

次日练剑的时候，白衣破例让他坐在一边休息，孩子巴不得偷懒，笑嘻嘻捧着脸坐在树荫下看着白衣道长舞剑，看了一会儿就不耐烦了，扁着嘴撒娇："道长，我好无聊呀，你给我讲个故事吧。"

霜剑寒光一闪，倏然回鞘，白衣果然坐到了他身边，要给他讲个故事。

"从前，有一个少年。"

这个开头没什么意思，但 X 也不在乎，毕竟白衣肯讲故事就是天大的好事，再无趣他也会配合拍手叫好。

"他年纪不大，本事却不小，十几岁就屠人满门。"白衣很平静地讲下去，"后来，他成了一个大魔头，人人都想杀了他。"

"然后呢？"

"然后他就被几个大侠杀了，死无全尸。"

X 煞有介事地点点头，说："原来如此，真好玩。"

白衣微微一笑："你呢？你要是遇到这样一个魔头，你想不想杀了他？"

"道长都说是魔头了，那当然要杀了。"

"可是，他其实身世凄惨，从小被人打骂，吃了很多很多苦头，他之所以那么坏，是因为从来没有人教过他辨别是非，"白衣看着 X 的脸，

"如果是这样，你也仍想杀他吗？"

X莫名其妙地盯着白衣看，很迷惑不解的样子："他们要死要活随他们去好了，关我什么事？我只要道长和我过得好就行。"

见到白衣眉头蹙起，像是不快的样子，X见风使舵，立刻机灵地补上一句："我错了，道长说他该死，那他就该死无葬身之地，道长说他是好人，那他就是天下第一号的好人。"

X歪着头活泼地笑着，少年人盲目的倚赖、天真的残忍，都令白衣不由自主地毛骨悚然，他没有一点自主的决断，善恶正义全都脱胎于陪伴他长大的人，假如这一世X仍旧遇人不淑，他必定又将生成另一个混世魔王。

白衣突然用力握住了少年的手，沉默了好久才说。

"还好我遇见你了。"

X似笑非笑："遇到了道长，我也很高兴。"

—▷*06.*

回首繁华如梦渺，残生一线付惊涛。

雨水淅淅沥沥地敲在窗上，在春日的夜里显得格外清晰。X十五岁，男孩子正值发育时期，清晨睡在床上，几乎都能听见骨头拔节的轻微声响。

白衣守在榻边，看着少年紧紧地抱着膝蜷缩成一团，生来残缺的左手死死地抓住自己的手掌，像是溺水的人抓紧了最后一根救命的稻草。X强忍着魂魄不全带来的巨大痛苦，每到夜晚都痛得肝胆俱裂，仿佛灵魂被撕个粉碎。这种症状随着他的长大越来越严重，许多次他都痛到休克昏迷。

白衣不说话，他握着少年的手，一言不发。

他从来没有隐瞒过 X 什么，包括因灵魄不全而注定早夭的命运。少年人听了以后很平静地接受了这个事实，在某个暮色袭来的黄昏，X 坐在茅屋门口，托着腮看着远处连绵无际的山脉，说："我不怕死的。"

白衣静静地看着他。

少年的眼中倒映着金色的夕阳，很轻很轻地说："只是想到我死了以后，道长还会遇到很多人，也会待他们这样好，我就觉得很嫉妒。"

"不会的。"白衣浸在落日金黄的余晖中，清朗眉目也像染上一丝怅然，他抱着剑，缓慢而坚定地说。

夜晚总是格外漫长，大概是因为每一分每一秒都在煎熬。等到熹微的天光终于照亮了漆黑的房间，白衣才感到手掌上传来的握力慢慢放松了下来，他抬起头，看见少年人紧紧闭着眼，汗珠从苍白的脸上滚落下来，略带戾气的眉目依然紧锁着。

他低地喘着，像是个久病的老人，因为心知自己时日无多，反而对生死看得格外淡薄。他拽了拽白衣，示意白衣的道长靠近来借他一个肩膀。男孩其实已经生得很高了，不同于白衣的清癯，他是一种病态的消瘦，靠着白衣的时候，坚硬的骨骼硌得人生疼。

X 自己应该也意识到了这一点，他早就不是臂似嫩藕的稚子了，这个年纪再撒娇也很尴尬，少年有点畏缩地盘着长腿，不敢把全身的重量再肆无忌惮地压在白衣的身上。

白衣感受到 X 的退缩，于是微微笑了一笑，也偏着脑袋抵着他，两个人像是一对骨血相连的亲生兄弟，在春日的雨中互相依偎。

他们听了好一会儿雨，X才轻轻地开了口："道长，我想问你一个问题。"

"问吧。"

"我死了之后，你会去做什么？"

"未来的事谁知道呢，大概是带着剑，四海为家吧。"白衣在朦胧的天光中轻声说，"又或者，去完成我当年的梦想，结识一两个至交好友，和他们一起创立一个门派——一个没有偏见、不在乎出身的地方。"

"要是没有我，你现在就可以去做这些了，"X接着说，"你不觉得我是个累赘，拖累了你吗？"

"世间上的这些事，在我眼里并无轻重之分。"白衣看着虚空中的一点，像在凝视着某个不知名的故人，"能够看着你这样平安无虞地长大，我已满足。"

"但我很快就会死了，不管我长成一个谦谦君子，又或者长成一个混世魔王，我都活不过十八岁，你这样做有意义吗？"

"对我来说或许只是一段岁月，对你来说，却是一次人生。"白衣说，"你长成一个混世魔王，吃很多苦、杀很多人、被很多人恨，到了临死前，回想这一生都过得很痛苦，对你来说太残忍了。"

"道长，你对我这么好，我会舍不得死的。"X把脸埋在白衣的颈窝里笑了起来，过了一会儿，白衣发现肩膀处一片湿热。

▷07.

他教我收余恨、免娇嗔、且自新、改性情、
休恋逝水、苦海回身、早悟兰因。

123

青年人躺在病榻上，面色苍白，呼吸微弱，当年他来时是这样的，如今他要走了，竟然也是这个模样的。

他缓慢地呼吸着，青年人瘦弱的胸膛上下起伏。一下一下地，像是下一秒就会死去。白衣坐在床边静静地凝视着 X 苍白的脸庞，眉目低垂，面无表情。

青年慢慢地挤出一个微笑，神情有一瞬间的茫然，唇角不自觉露出一颗稚气的小虎牙，分明还像个孩子。

白衣一言不发，静静等他开口。

他像是挣扎了很久，终于长长叹了一口气，轻声说："C。"

不曾被告知的姓名从 X 的口中说出，梦，终于要醒了。

"我要告诉你一个秘密……" X 缓慢地喘着气，他的五脏六腑都像被揉碎拧烂再重新缝合，连呼吸都痛得撕心裂肺，但他浑然不觉，只是很专注地望着虚空中的某一点，轻轻说，"我是 X。"

白衣缓缓垂下眼帘："我知道。"

"不，你不知道，" X 转眼看他，然后露出一个笑容——那是上辈子的 X 惯用的，恶劣又不可一世的微笑，唇角微微上扬，露出天真的虎牙，像是懵懂无心机，又像是恶毒到了极点，"我不是什么投胎转世，我就是 X！我走了太多邪道，又被人打成重伤，所幸天不亡我，我游荡多年，终于在魂飞魄散之际遇到了这具刚死的身体，拼着一口气，夺舍上了身。"

他绝望又张狂地厉声大叫："要不是我法力全失，这具身体又残破不堪，我早溜出去作恶了！道长，你真可怜，上辈子已经被我毁了，这辈子却还要和我这种人纠缠不休，你现在是不是觉得恶心透了——

可你怪谁呢？我劝过你杀了我，是你自己不肯啊！"

白衣平静地望着他，目光虔诚慈悲似万重佛法，遇者可获无量功德。

X心头一颤。

他不敢置信似的、很慢很慢地说："难道这些……你也都知道了？"

白衣唇角扬起一个很温柔的弧度，就像过往那些日子安抚黑夜里惶恐而绝望的少年那样，他温和地笑了："我都知道。"

在白衣死后的漫长岁月里，X崩溃、尖叫，发誓要杀尽天下人为他陪葬，但最终他只是翻遍古书异录，以心头血作引，自散一魂三魄于虚空中招寻他的亡灵。在许多许多个漫长无光的夜里，他躺在法阵中瑟瑟发抖，感受着生命一点点流失。他不怕死，却害怕即使魂魄散尽，那个人也永不归来。

"你知道我是X，为什么还要留下我？你难道不知道我是个多恶毒的魔鬼吗……"他的声音发着抖，不可置信地望着白衣平静的脸庞，到最后，像是受了天大的委屈一样，眼泪顺着脸庞簌簌地往下落，"你应该恨我的……"

白衣人望着青年悲恸的脸庞，思绪却不合时宜地回起很多年前，黑袍问他，你为什么还要和这种人纠缠？

那时候他没有回答。

轮回报应，谁能说得清？X曾害他魂飞魄散，这一世是要受报应的，可他偏偏又曾为他逆天改命，自取心头血，只为唤回自己的亡灵，那么这一世，又是他欠了X。

因果报应，他们的命运死死纠缠在一起，于是再也解不开了。

就在那个瞬间，他忽然都释然了。

"从前的 X 做过很多很多的错事，他罪恶滔天，死不足惜。但人死如灯灭，一切皆空，我不原谅上辈子的你，却也没恨过这辈子的你。"白衣向他伸出手，轻轻地抚摸青年人惨白而消瘦的脸颊，"这辈子你做得很好，是个好孩子。"

　　X 一震，他浑身发抖，像是挣扎了很久，终于下定了决心，脸庞慢慢靠近了白衣的手心，轻声呜咽了起来。

　　白衣感到温热的泪水落在自己的手心，他没有说话。上辈子的 X 作恶多端，被很多人憎恨，甚至给过自己无尽的苦痛——但现在的他，这一世的他只是个垂死的病人，这一生干干净净，生命里只有一个自己。

　　白衣说："因为有这一世的你，这十年我过得很好，也许很多年后想起都会觉得快乐，谢谢你。"

　　X 怔怔地望着他，眼里带着一点迷惘、一点犹疑，但是过了很久很久后，他最终长长地叹出了那口气，淤积在胸口百年之久的浊气霎时烟消云散。

　　一切都要过去了。

　　青年眼中噙着泪，但还是快乐地笑了起来，笑容很纯粹，唇角露出一颗稚气又天真的虎牙。

　　"上辈子很糟糕……但这一生很好、很快乐，我很满足，谢谢你。"

　　他像是疲倦极了，慢慢地阖上了眼，脸上的笑意一点点淡了下去，长长的睫毛像是对小小的白蝴蝶，不自觉地颤抖着，最终像是要亲吻一朵初开的花，缓缓落了下来。

　　X 死了。

白衣一言不发，在他的尸身旁坐了很久很久，最后慢慢站起身，背上了一黑一白两柄长剑，步入了茫茫雨雾中。

春雨依旧淅淅沥沥地下着，万物在雨中连绵不绝地新生，谁也不在乎是否曾有人无声无息地死去。

雨没有停的意思。

END

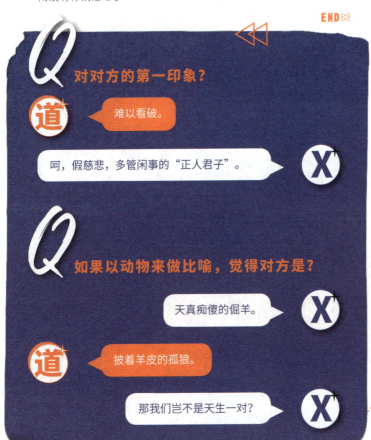

Q 对对方的第一印象？

道 难以看破。

呵，假慈悲，多管闲事的"正人君子"。 X

Q 如果以动物来做比喻，觉得对方是？

天真痴傻的倔羊。 X

道 披着羊皮的孤狼。

那我们岂不是天生一对？ X

假如 ·IF·
我年少有为
不自卑

文//////////// 王曾何

// 我走了，忙完了
再见。
// 再见。

× ÷

≠ ≈

TRUE COUPLE

TRUE COU §E

假如我年少有为不自卑

IF I CAN

文/ 王曾何
脾气很好，但不喜欢老实人。

· · · 壹 ONE

不管 T 起得多早，都能看到已经在操场练起晨功的 D。

T 开始还想跟他比，想着自己怎么也是运动员出身，怎么可能会在早起这件事上输给这个小黑孩。不过很快她就不想比了，因为还有更有意思的事儿。

D 的普通话里总带着一股烧烤味。认识他之前，T 从来不知道，改口音竟然是这么难的事。D 边跑边喊着带口音的口号，跑一圈回来，听他这么念，跑两圈回来，他还是这么念。

T 想逗逗他，就跟着在后面故意学他蹩脚的普通话。

开学这么久，T 终于见到他有害羞之外的表情——D 气得干瞪眼，红里透着黑。

T 头一次见到这么拧巴的人，老是不由自主地想逗他，大概因为对方长得帅吧。

D 和其他同学不太一样，学校是考了几年才考上的。因为上大学，D 第一次离开家乡，大老远奔来首都，报到那天还迟到了，跟在一个瘦高个同学后边，越发衬得他又黑又矮。

害羞又容易脸红，T 给他贴上了标签。

T一直都不知道，每天早上遇到她，这黑男孩儿都特别紧张，听到她"咚咚咚"跑过来的脚步声就忍不住闭上眼，然后口号念得更大声。

开学没多久D就知道了T的背景，之前是拿了全国冠军的运动员，后来被导演看中，先拍过了戏才来考这个学校的。她的人生顺风顺水，哪像自己，是要拿命拼才能有机会被人看到。

· · · 貳TWO

T是班长，被同学一口一个"T哥"地叫着，大事小事都能帮人出一头。

她对谁都好，对D似乎尤其好，这让D觉得更不好意思了。

班里人都说D太神秘了，有人看到他在小过道儿杵着，眼睛直勾勾地盯着前方掉眼泪，再转过去想看一看的时候，他又是面无表情无事发生的样子。

T倒不觉得他那是神秘，更像是初来乍到的紧绷。就像一只刚被带回新主人家的小猫，全身的毛都竖着，谁靠近了他都得发一波狠，但其实从来没咬过人。

有天两人一起路过水果摊，D指着杧果问她，这是什么。

T惊讶坏了，这小孩竟然不知道杧果，心里却默默记了下来，再从家里回学校的时候，就带了一提杧果，合计一起排练的时候拿给他。

T本想排练完再吃，D却有点等不及了，拿起来就是一大口，直接咬到了核，于是黑黑的一张脸又涨得通红。

T这才反应过来，自己都忘记杧果有核了。

D 反应了好几秒，当下那一瞬间想了很多，脑中甚至预演了自己知道有核的戏码。

"你还真没吃过，这下我信了。" T 说完怕他尴尬，又哈哈大笑了几声，拿起另一个杜果，准备帮他剥开皮。

D 听到这话后好像有点不一样，说不上来哪里不一样，可能是因为早上的太阳太晃眼，反正 T 怎么看他的眼睛，都觉得好像有光。

二十年过去，彼时 D 已经成了家喻户晓的好演员，穿着昂贵的西装衬衫，工作的时候有人给打理造型，不管到哪儿都有一堆粉丝喊他"D 老师好帅"，可他仍喜欢提起这一幕，他会说："她没有耻笑我，让我觉得很温暖"。

这种温暖是我需要的，我相信别人也需要，所以我希望在合适的时候，我也能像她这样，给别人传递这种温暖的东西，D 想。

· · · 叁 THREE

D 和隔壁班的女孩恋爱了。

T 知道后不觉得意外，这个人拧巴归拧巴，但学习认真长得也帅，被女孩追求太正常不过了。

不过 D 倒没这么觉得，他老想，一定是长得不够帅，所以班上才没有同学愿意跟自己搭档，幸好还有 T。

这次两人又成了搭档。

T 没觉得他谈恋爱之后，两人再相处有什么不方便的。

运动员出身的 T 脾气很暴，拧巴的 D 脑子特别轴，两人在一起排练的时候，就是火星撞地球，每次都得吵到天翻地覆。

这次吵得尤其厉害。

"你能放松一点吗？你这样我没法跟你演。"T 觉得他太紧绷了，演戏的时候连血管都在用力，就像一只高频率震动的玻璃杯，时刻都要碎掉。

D 没接话，坐在地上，低着头不知道在想什么。

"你不能这样演戏，"D 坐在地板上低着头看不到眼睛，T 也不敢继续多说，他太敏感，不知道什么时候绷着的这根绳子就可能会断掉，但 T 又觉得如果稍微改变一下，他能更好，"你很棒，我们都知道你很棒，但你可以更好。"

排练室里的气氛有种说不上来的怪异，D 的女朋友正好过来了，站在门口，T 从镜子里看到了女孩微笑着的正脸，这也是两人第一次打招呼。

T 想去拍他肩膀的手，一转身就变成了招呼女孩进来的姿势。

"班长也是为你好，你可别跟她较劲。"女孩蹲下，摸着 D 的后脑勺温柔地安慰着他。

"我先带他去吃饭了。"女孩把 D 拉起来，转头对着 T 说。

D 还是低着头不看人。

"你可别生他气，他有时候就是太较真了。"女孩说完还从兜里掏出几颗糖塞给 T，"吃点甜的。"

T 当下就剥开糖纸塞进嘴里一颗，含着糖囫囵地嗯哼几声，意思是你俩快去吧。

他们走了之后，T 觉得排练室那种莫名其妙的较量感终于没了。这也是她第一次意识到，异性之间想维持友谊，要注意的事还挺多。

可她就像班里其他同学一样，有人觉得他经济有点拮据，就在他桌上偷偷放饭票，而自己觉得 D 演技好能力强，就愿意跟他一起搭档，这都是最直接的选择。

想这些问题太无聊了，T 觉得自己还是先去食堂打饭比较重要。

其实那天 D 没去吃饭，直接回宿舍躺下了。

闭上眼，怎么也睡不着。

她想让自己变成什么样？肯定跟她一样呗，或者比她更强，不管干什么，都自信满满，游刃有余，是个浪漫主义的天才。

可自己变不成那样。

来学校之前，自己在打工攒学费和路费，爸爸退休了，只能在工厂看大门。而 T 干什么都是最顶尖的那一拨，被其他学校的老师抢着要，考完了试收到三所大学的通知书，来这里的原因只是离家最近。

他没钱出去试戏，连生日都在图书馆学习，就想着毕业后能留下来，在北京扎根。

T 一出生就拥有的东西，许多他在来到这里念书之前都闻所未闻。

他又失眠了，漫长又孤独的黑夜，是穷人最好的休息站。

第二天两人谁都没提前一天的事儿，幸好戏最后出来的效果特别好，甚至罕见地拿了满分。

谢幕的时候，T 在一片嘈杂的声音中突然听到了他有点急速的喘息声，刹那间有种微妙的，被认可的恍惚。

或许他的表演方式在以后会成为一种风格，有一天会被更多的人去看去欣赏，会有越来越多的人为他着迷，而这样一个他，谁也不可能让他改变。

他不会，也没有人可以。

・・・■ FOUR

去年过年 D 没回家，今年也一样。

午饭点一过，T 就出现在了 D 的寝室门口，把正躺在床上看书的 D 吓了一跳。

"快起来跟我回家。"T 边往他床边走边嚷嚷，捂着鼻子让他赶紧起来。

"去你家干什么？"D 嘴上嘟囔着，但还是听话地坐起来穿鞋。

"大过年的能干什么，你快点儿，成吗？！"T 性子急得要上手帮他收拾床铺，"吃年夜饭去呗。"

D 刚把被子叠好，听完她的话又一屁股坐下了："我去你家过年？你在瞎说什么啊。"

"你不回家过年，那就去我家，我是班长，当然得照顾咱班同学。"

T 是完全没觉得这事有什么可意外的，不就是吃顿饭，在学校是吃，去她家也是吃。她这人心肠热，脑子快，但就是不开窍，男孩对她表示好感她也不知道，就觉得自己是大哥，谁她都得管。

可 D 不一样，他知道去女孩家吃饭不是小事，更何况还是吃年夜饭，让别人看到了还以为他俩见家长呢。

"我不去。"D 坐在床上不动了，盯着窗户外边，手在外套口袋里握着拳。

"那不行，你必须得来。"T 一听急了，不就吃顿饭，怎么还别别扭扭的，他太烦人了，"我都跟我爸妈说好了！"

"我不能去你家吃饭，不方便。"可能是躺床上的时间太长了，没睡觉的 D 眼睛也沾上了水汽，冬天下午的阳光打在他的小黑脸上，像一株绿油油的麦穗，载着结实的希望。

"怎么就不方便了，你又不是第一次吃我家的饭，"T 说着就上手拉他胳膊，"你快跟我走。"

"不去，"D 往外抽了两下胳膊，就是不打算从床上起来，"大过年的，我一男的去你家吃饭，这多不合适，你怎么都不想想。"

"你想什么呢，"T 哈哈大笑了两声，"咱俩是哥们儿啊，过年了我兄弟来家里吃个饭怎么了。"

D 的心情有点说不上来的不得劲，T 看他又在出神，就使劲拽他两下，把他给架起来了。

"晚上让我爸把你送回来，咱俩现得赶紧去等公交。"

出了宿舍门，T 就松开了他的胳膊，自己先往下跑，跑下半层楼回头看，D 还站在门口低头看鞋尖，又"蹬蹬蹬"跟跺台阶似的上去拽着他的胳膊一起下楼。

D 半推半就地跟着她越跑越快，气喘吁吁地跑到公交站。年三十下午，路上人很少，公交站只有他们两个人在等车。

T 先跑上车，给了两人的公交钱，D 非要还给她，两人一个在前边大步走，一个在后边扭扭捏捏地追，刚好就坐到了最后一排。

D 要把钱塞进她的棉袄口袋里，T 紧紧捂着不让他往里伸："我没零钱，找不开，你再这样我可喊骚扰了。"

D 又开心又丧气地嘟囔了两声，故意转头不看她，这才发现车窗外飘起了纷纷扬扬的大雪。

T 看他没辙了，不轻不重地给了他胳膊一拳："回去晚了就赖你。"

把 D 送回学校，T 看着他消失在昏暗的灯光中，刚准备叫爸爸可以走了，又看到他急匆匆地跑回来，站在离车几步路的地方，打招呼让她过去。

T 呵了口气，双手揣兜里，开了车门，小跑了几步："你怎么又跑回来了。"

"你初四能不能来趟学校？"这个语气倒是 T 第一次从他嘴里听到，半是命令半是哀求。

"我得走亲戚啊，你要干什么？"

"你来趟学校，求你了。"

T 这人就是吃软不吃硬，偏偏 D 脾气倔得不行，两人凑到一起就是核武器，能成为好朋友也是神奇，要是 D 平时也这样，说不定每次搭档的时候俩人就不会吵架了。

"行吧，冻死了，快回宿舍吧你。"

"你走，你先走，"D 看起来心情不错，推着她转了个身，"我看着你走了再回去。"

T 走了两步回头看他，D 还站在那儿没动弹，开车门之前 T 朝他挥了挥手，晚上的路灯让人花了眼，也让这个冬天变得温暖。

车开出了几步，后视镜里的 D 才慢悠悠转身，一前一后地拍着手走进了黑夜中。

初四一大早，T 就起来收拾房间，换了好几套衣服，硬是捱到了十点，于是嚷嚷着让爸爸送自己去学校。

路上的积雪还没化完，T 站在楼道口前面等车开过来，被不少邻居认出来，说了十几次"过年好"才终于出发。

到宿舍的时候，D正端着个盆从楼道那头往这边走，T先进屋，发现桌子上多了个菜板，上边还有切好的羊肉跟胡萝卜，旁边放着一个还没剥皮的洋葱。

"你这刚洗了大米，"T探头看了眼他端进来的盆子，"不是要给我做饭吧。"

"你请我，我也得请回来，你先坐，"D把盆放桌子上，挽起袖子，"我先切菜，等一会儿就能开吃了，让你尝尝我们的特色饭。"

"行不行啊你，"T笑眯眯地坐他床边上，太阳有点耀眼，就往里挪了挪，靠在墙上看着他切胡萝卜。

"您就等着瞧好儿吧。"D扯了个京腔。

刀切到菜板的声音在屋子里荡来荡去，T被太阳晒得昏昏欲睡。

···陆 SIX

临近毕业的时候，D才得知，自己不能留下来了。

大三的时候，有老师跟他说，有话剧院想要他，结果到了今年，文化部精简，所有文艺团体都在缩编。

毕业演出的时候，老师告诉他，进之前那家剧院没有希望了，就算他是这批毕业生中成绩最好的也一点儿希望都没有，想留下来就赶紧去自谋出路。

与此同时，T凭借影后一夜成名，已经顺利拿到了那家话剧院的录用通知书。

用了将近四年，习惯低着头的他才刚有点安全感，就被一下打回原形，成宿地睡不着。

他决定再争取最后一次，如果还不行，就收拾包袱回老家。

白天休息时，他骑着自行车跑到东三环，拿着学生证和四年的成绩单闯进文化部，坚持要见部长。

"其实我就想问，我这样的成绩为什么不能留下来？"

去了两次都没见到负责人，他真的有点心灰意冷，四年努力，就这样被否定了。

最后一场毕业大戏谢幕的时候，一个导演系老师突然冲上台，指着 D 质问在场所有人："这样的学生，我们为什么不能留下来，为什么不能？！"

T 就站在他旁边，却始终不敢转头看他，盯着礼堂尽头的一个角落出神。

20 年后，再提起这一幕，T 依然记忆犹新："那时的他就像一根绷紧的绳子，随时可能会断掉的样子"。

··· 柒 SEVEN

毕业前几天，D 正在路上骑车，腰上的 BP 机响了，是学校发来的消息，叫他去一趟学生处。推开学生处的门，D 站在门口，发现一屋子老师都转过头，满面笑容地看着他。处长走过来，用力拍了拍他肩膀，递过来一沓文件。

D 心里咯噔一下子，以为自己被罚钱了，脑子里开始跑马灯，计算自己好不容易攒下来的那点钱够不够，不够的话要怎么跟人开口借钱。

颤颤巍巍地打开一看，发现是一家话剧院的录用通知书。

老师冲过来，一下把他搂在怀里："你应该感到高兴，这是你想要的，也是我们想要的。"

D 拿着录取通知书，推着自行车往宿舍区走的时候，正好遇上了 T 的爸爸来帮忙搬东西。

"叔叔好。"D 先认出来，往他身后瞅瞅，看到了正在小跑着过来的 T。

"恭喜你们毕业了，以后有空常来家里玩儿啊，"叔叔热情地寒暄着，眼尖地发现了通知书上的几个关键字，"这是拿到录用通知书了？"

"刚拿到，"没忍住开心，自己又把文件袋看了一遍，"没能和 T 进同一个单位。"

"可造之才可造之才，"叔叔指了指外边，意思自己得赶紧把东西放车上，末了又夸了几句，"T 天天说你一定会成功，以后成了大明星，见到叔叔可别不认识啊。"

T 笑眯眯地接过话："说啥呢，啥大明星？"

"爸爸说 D 呢，人家以后可是要成大明星的啊。"叔叔接过 T 手里的小袋子，腾不出手跟 D 挥手，就扭了两下肩膀算是告别，往学校外面走去了。

"这是什么？" T 说着话就去拿他手里的文件袋，D 自己打开，把通知书放到她手里，"啊，你收到录用通知啦！"

T 眼睛闪着光，使劲拍了他胳膊两下："你可以啊！"

"还好留下了，"D 摸了摸胳膊，憨笑两声，"你这是要离校了？"

"嗯，接了个剧，过两天就要进组，所以得先走一步，没办法跟你们吃散伙饭了。"

"没事儿，那等你忙完，忙完咱们再聚，反正都在北京。"

"我爸该等着急了，那等忙完了再联系。"

"你快去吧，我也得给家里打电话。"

D推着自行车，拿文件的手一直在挥舞着表示再见，她背影越来越小，而自己的手也挥得越来越慢，心里的那份喜悦似乎又被其他什么东西浸染了。

那时候没有人知道，"忙完了再见"意味着什么。

工作意味着进入另一个时空，没人有思考的空档。离开校园之后的世界灯红酒绿，当开始顾忌和怀念的时候，再回头却已经看不到身边人，只能听到不断回响在耳边的"再见"。

· · · 捌 EIGHT

那一年，他们毕业了。

D终于争取到了留下来的机会，还演了自己人生中第一部剧。

T也接了部剧，搭档是在话剧圈颇有名气的同龄男演员。

听说男主角在戏里要一直戴头套，因为吃饭太麻烦就干脆不吃了，T发现了就来喂他。

戏拍完了，两人也在一起了。

· · · 玖 NINE

后来，T凭借这部剧红遍大江南北。

第二年，T所在的剧院合并到D的单位，两人成为同事两个月后才在单位停车场打了个照面。

又一年，D和女演员相恋。

接着，T 和那个男主角大婚。

再后来，D 凭借一部群像戏正式走红，T 也生下孩子，慢慢淡出视线。

D 和女友结束恋爱长跑时，婚礼上 T 闹得最凶。

· · · 拾 TEN

后来，两人一起参加活动。

D 走在前边，被记者问到大学时有没有暗恋的人。

D 头也不回地指了指身后："我暗恋的人在后边呢，我们班 T。"说完自己哈哈大笑。

记者找到 T，T 听完也大笑："怎么不早说呢，错过错过。"

"那时候喜欢他的人太多呀，没空看我啊，那时候他在学校里边就很有魅力，很多人喜欢他。"

· · · 拾壹 ELEVEN

曾有一部外语片风靡全国，在影片开始的几分钟有一个经典镜头，男孩为救小猫上树，突然跳下来把路过的女孩吓坏了。放下小猫之后，男孩把刚摘到的新鲜杧果送给了女孩。

那是男女主人公第一次单独接触。

这部电影叫《初恋这件小事》。

· · · 拾贰 TWELVE

曾被人生的第一只杧果硌到了牙，幸好她的甜大过这细微的牙酸，自卑的少年才拥有品尝下一份未知甜蜜的勇气。

隔着整个青春，他们竟还保留着成年人世界里难得珍贵的坦荡。

没有假如，终生美丽。

END⊠

WHAT IS THE TRUTH

WHAT IS THE TRUTH

you will

FREE

待 吾 身 死

你是太过率直，相处起来却令人愉快。
我也这么想。能与我相交，是你之荣幸。

葬火

be free

你 便 自 由

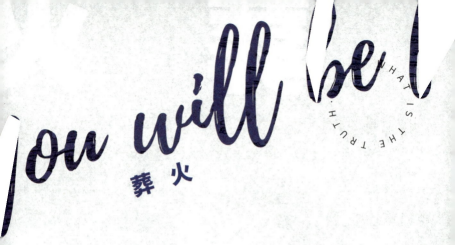

葬火

鸡叫第一遍的时候，青衣佛者在熹微的晨光中推门而入，将新折的山桃枝插进瓶里，换掉干枯的旧枝。此时，悬空在案前的火焰突然跳了一跳，说道："你的私心，未免太过明显。"

"入佛眼者，万物皆是一般，何必在乎一花一草的分别？"裳答。

"几十年过去，你竟还是这般说辞，真是令人气恼。"

话音刚落，烈焰乍起，一条火龙自阵法上窜起，扑面的热风掀落裳的兜帽，箭镞般直指他的眉心。可他只是双手合十微微颔首，道了一声"阿弥陀佛"。

"你在此听了几十年的经文，戾气亦未曾消磨半分。"

"伪善之言，听之何用？口口声声说什么不杀，生存善念。那毁我妖脉、灭我妖族、拔我妖骨、囚我于此的又是何人？"焱的语调冷硬如铁，"你有本事回答吗？"

裳默然。

"这就无话可说了？当年将我骗得团团转时，不是能说会道得很吗？"

"罪孽既成,又有何辩解的必要?"裳转身向外走去,"不必心急,待我身死时,你便自由了。"

"妖骨早不知被你铸炼在何家宝器之上了,我纵使挣脱封印,也不过是个废人,又何必在乎多等一天还是一年?"焱嗤之以鼻,"你是怕你做得还不够狠绝吗?"

裳并未作答,掩门离开。

黄钟三遍响过,众僧入殿,领头的仍是裳。焱垂眸看着坐在蒲团上闭目诵经的他,不得不承认他的眉眼生得相当好看,当年若非这副好皮囊,自己也未必会步步踏错、落入陷阱,落得个满盘皆输的下场。

都是骗子。

焱越想越怒,却又无处发泄,索性将毒手伸向了桃枝,初生的花朵哪经得起他这般粗暴地撕扯,花瓣纷纷扬扬落了一龛。

"花期过了?"

焱盯着裳的手,裳今天拿的不是山桃枝,而是沾着晨露的青碧杨柳。

"不,是我要离开一段时间,也省得孩子们天天为你弄下来的花瓣操心。"裳将柳枝插入净瓶中。

"又是去做些'大义'之事?"焱特意咬重了"大义"二字。他永远不会忘记百姓如何赞颂那些双手沾满妖族鲜血的人,那些人踏上骨骸堆砌的高台,被百姓称为"正义之师"。

裳并未反驳,或许是想不到如何反驳,又或许是根本不想:"我走后，不要纵火点着殿内的东西，也别隔三岔五跑出来惊吓僧众。"

"在你眼中，我就是这样的幼稚鬼？"焱挑眉。

"并无此意，但凡事谨慎为重。"裳顿了顿，又道，"我昨晚梦见你了。"

"没兴趣。"

"那便罢了，反正对你来说，是件好事。"

裳清楚焱的脾气，说不听就是不听，因此也未多言，寥寥数语之后便离开了。

不知是不是这句话的缘故，当晚焱也做了个跟裳有关的梦。梦中雾气氤氲，裳一袭素色衣袍站在他们初遇的那棵桃树下，长发垂落，仿佛浸透月光。

树梢花开得正好，宛如浮着绯色的重云。

这是他最爱却也最恨的模样，二人尚以朋友论交时，裳一直都是这副打扮。

因此后来被禁于法阵后，他每次与裳见面时都会想方设法摘去他的帽冠，若非如此，他怕自己根本无法心平气和地与他讲话超过半刻钟。

在莫名其妙的地方固执得要死，算是他的老毛病了。

他在距裳三步远的地方站住："我本以为，你会成为我永远的朋友。"

"我也曾这样以为。"裳笑笑。

"你说这话，不违心吗？"

"并不，只不过与你不同的是，我清楚这绝无可能。"裳伸出手去，便有一朵花自然而然飘入他手心，"落花只堪随波逐流，不可逆水而上。"

"那倒不如你一开始就别招惹我。"

"我是否同你说过一件事？"裳忽然岔开了话题。

"关于你的所有事我都不想知道。"

然而裳并未理睬他的冷嘲热讽，自顾自说了下去："曾有道人为我算过命格，命谶属火，遇火大凶。"

这简单一句话引燃了焱压抑已久的怒气。长枪入手，他挽个枪花向前挺刺，锋刃直抵裳胸膛："我不介意替他实现这个谶言。"

"何须你动手呢？"

裳笑意不减，忽然猛地拍向自己的左胸，鲜血迸溅。焱一怔，只见裳从心口处掏出一个看不清形状的东西递来。

"该还你的。"

焱蓦地惊醒。

正是四更时分，窗外雨声淅沥，远处有公鸡尖厉的鸣叫声传来。

往常这个时候裳都该出现了，可今日四周却静得可怕，唯有长明灯一言不发地燃着。

他环顾殿内的簇簇光亮，无端生出几分寂寞之感。

寂寞的后果就是新换上的柳条也被他揪秃了。

被囚禁的岁月实在过于漫长，以至于他很早便失去了计算时间的能力，只是裳一走便是三月有余，眼瞧着连黄梅天都快过去了，他也隐隐有些焦虑起来。

他头一次觉得原来倾诉恨意也能成为支持一个人活下去的养分，而算不到尽头的孤独却会逼得人发疯。

僧侣诵经时他无人可看，只能老老实实地盘成一团烛焰想些漫无边际的事情，好的、坏的、久远的、眼前的，都能拿来打发时间。有时他甚至觉得他对裳的敌意并不如他想象中深切，因为他不再刻意将从前载酒同游的记忆从脑海中抹去，想起裳亲手抽走自己妖骨的画面时，背脊也已不会再隐隐作痛。

时光是会抹平一些东西的。

他同时也注意到了一些不寻常的事，寺内僧人的数量在一天天减少，佛像无人擦拭，积灰的肩头没了昔日富丽堂皇的气派。甚至有小沙弥想趁夜溜进殿内偷些值钱的物件，他虚张声势一番，轻松将人吓走，但第二天早课时便已不见了这小贼的踪影。

"邪魔将至，我们还是赶紧各寻出路吧。"洒扫的僧侣们这样议论着。

他自然对这间寺庙和其他人的死活毫无兴趣，但直觉告诉他此事与裳有关。

可他并不能做什么，殿内的长明灯是裳亲手设下的封印，他的活动范围被限制在方圆二十米以内，在裳殒命以前，他绝无机会离开。

最远最远他也只能站在敞开的大门前眺望重重雾霭掩映着的远山，身后是数十条绷直的火焰锁链，偶尔环节碰撞，发出只有他听得到的脆响。

当浅粉色的远山变成黛绿色的时候，他终于想要去知道有关裳的事了。

体内的血似乎流尽了，余下的力气只够裳用指尖攥紧袖中的佛珠，低声口诵佛号。周身环绕着灭天的烈焰，但是那不可直视的烈焰中再没有熟悉的身影执枪而立了，那人衣袂狂卷时的骄傲神情，是裳一生难忘的回忆。

他已无法控制自己的思绪，佛号到了最后都模糊成了焱的姓名，一遍又一遍。

到了最后一刻裳居然还是想见他的，只可惜当年他就亲手斩断了自己所有的退路。

那时的他还以为，自己永远不会后悔。

千里之外，狂风扑入寺院大殿，数十年未熄的长明灯竟被悉数掀翻。

四面火焰汇聚成人形，焱站在大殿中央，低头看着掌心中躺着的一小截东西。那是他曾被裳抽走的妖骨，上头还覆着殷红未干的鲜血，纵然他源火而生，此刻握着也觉得此物烫得灼人。

"待吾身死，你便自由。"裳的话犹在耳边。

他等不及了，巨大的火龙腾空飞起，循风而去。

他赶到的时候已经迟了。

裳的尸体静静躺在战场中央，他是力竭而亡，唯独心口处有个血肉模糊的创口，与手中妖骨一对，分毫不差。

他向来大公无私，却将此物以最痛的方式私藏。

要说悲伤实在是太重，焱只觉得可笑。

他不明白这段友情对裳而言究竟是破败不堪还是弥足珍贵，值得他把曾经的一切锲进心底锁在不见光的角落，转首却低眉变身成那无求无欲的菩萨模样，与他共处数十春秋，承着所有该有或不该有的怨愤，波澜不惊。

"这世上太多虚伪之人，以面具示人，而非以真心。"

"那我呢？"

"你是太过率直，相处起来却令人愉快。"

"我也这么想。能与我相交，是你之荣幸。"

他们是曾经聊到过这个话题的，只是当时的焱并未想到，对话之人不仅戴着面具，还组着骗局，这个骗局实在太过漫长，长到耗费一生。

无话可说，太多太多思绪在心头转了几轮，出口却不过一声叹息。

他将裳的尸体回了寺里。

寺中空无一人，满地都是倾倒乱滚的长明灯，失了裳的命力加持，它们便只是普通的油灯，再无长明之效。他扶起最中央的那一盏，信手点燃，微弱的光只够照亮佛龛前的一小片地方，佛像看不分明，隐隐约约似低眉垂眸有所哀意。

焱不懂佛家的礼节，只是模仿记忆中裳的姿势，对着佛像拜了三拜。

以他为中心，霎时间烈焰冲天而起，吞噬桌案梁柱，直冲夜空。整座寺庙陷入熊熊火海，在耳畔嘈杂错乱的崩倒声中，似有人在轻声说话，语调温和，宛若春日水波。

"善哉。"

END

Q 对对方有什么不满？

多少年仍是那副道貌岸然的模样，满口尽是谎言！

无甚不好。若能做到平心静气则更好。

Q 对方做什么样的事情会让您不快？

用对着稚子的态度对我。

无他事情，他所做我皆自可理解。

XIAO

文 / 绿蜡

嗥

哮天

食 日 天 狗
SHIRITIANGOU

WHAT IS THE TRUTH

TIAN

二郎

显圣神君
HENGSHENJUN

君

长路迢迢，唯你相伴

天眼能辨妖邪，也识得清一颗犬心。

01▷

细幺是条狗，却妄想成仙。

此时它正潜在水边的草丛中，眼睛紧盯着晃动的湖面。

碧波翻涌，一头青色的巨兽从水中飞出。它长约三米，蛇身，有四足，尾带肉刺，无角，正是青蛟。

此蛟居于湖中百年，年年初夏翻起湖水，淹没周边的山村田野。村民深受其扰又无可奈何，只能日日焚香求神，指望哪个心善的仙家出手帮忙。

西王母偶然得知此事，便令坐下仙童戬来收了这恶蛟。

戬一身银甲，头戴玉冠，手执太阿长剑，只几个来回便将青蛟打得不能招架。

细幺眯眼，瞧准了戬转身的空当，猛地从草中扑出去，一口咬在青蛟的喉间。

戬怔了一怔，剑锋斜斜地擦着细幺的鼻尖过去，利风在它脸上割出许多道伤痕，痛得它要死。可这是它等待了几个月的好机会，绝对不能松口，趁着青蛟皮被砍破，蛟血四喷，它四足将蛟身狠狠地按下地面。戬见状将剑扎入它的脊柱，青蛟龙瞬间便不再动弹。

　　细幺心道成了，松口，朝着戬的方向蹲下歇气休息。

　　戬看它一眼，从怀中祭出一金光灿烂的宝器，收了青蛟。

　　"你乃何方小妖？"戬将宝器收入怀中，"竟然敢阻我收妖？"

　　细幺忙道："仙君，我乃桃山犬妖，名为细幺，万不敢阻仙君，这青蛟作恶多年，奈何我妖力低微，打不过它。现王母娘娘派仙君来收它，我心中欢喜，便略尽绵薄之力。"

　　"我并非仙君。"戬长身玉立，把剑挽出一个剑花，没入鞘中，"不管你是帮忙还是捣乱，只别为祸一方，便饶你一命。"

　　细幺低头，哀哀道："不敢，不敢。细幺潜心修炼，指望早成正果，怎敢祸害乡邻？只是出身低微，又无上仙点拨，修炼百年毫无寸进。几年前，我舍了老家的洞府，来距昆仑最近的梅山安家，只想沾些仙气。求上仙收了我，我愿不惜性命为仙君效力。"

　　说完，它四足俯地，做出毫无反抗的臣服模样来。

　　戬低头看它，良久不语。

　　细幺将身体俯得更低了，脸上和身上的伤被压得更痛，一串血珠子滚落下来，没入草中。

　　"细幺，"戬开口，"你处心积虑助我收妖，便是要我收你？可你要知，我实非仙君，也无法点拨于你。你若当真一心向道，何苦如此费心？"

　　言罢，戬招来一朵云彩，兀自驾云而去。

　　细幺仰起头，却只见戬的一个背影。

他的银甲在阳光下闪耀，玉冠也十分好看，连站立的模样也是居高临下的。

如月高悬，难以攀缘。

它愤愤地跳起来，呸了一口："了不起！长在西昆仑的，了不起得很。"

02

"当然了不起。"

林子里跳出一只白猿，指着细幺嘲笑道："你一条狗，好好的妖不做，偏想成仙。"

细幺被气得磨牙，露出尖牙利齿。

"冲我发火呢？"白猿跳开，"看看你，自讨苦吃了吧？天天盯着青蛟，又要留心昆仑的动静，好不容易王母娘娘派出仙人。你欢天喜地跑来帮忙，倒贴人家，是不是指望人家心软收了你？可惜啊可惜，人家看不上一条狗。"

"啧，流血了吧？真是偷鸡不成蚀把米呀！"白猿一路紧跟着，"太阿剑的伤，难好。"

"闭嘴。"细幺呵斥，拨开挡路的藤条。

"猿老大说的颇有道理。"树枝上突然落下一条通体雪白双眼赤红的蛇来。它紧盯着细幺的眼睛，"世人谁不想成仙？谁又不想做圣人？可那都是要机缘的。能赶上开天辟地立下大功的，只有几位，咱们确实比不了。可除此外的，要么是有个好爹娘，要么有个好师父，要么便是得干点什么积攒功德。"

细幺不管，晃开白蛇往前。

白蛇落到白猿的头顶盘着，继续道："好爹娘和好师父咱们都没有，便放后面说。只一个功德，看起来倒是很公平的。"

"公平？"白猿冷哼一声，"难得要死好吗？必得是救苍生这般的，才能在功德簿上落下名字，而且也只能挣个地仙的名儿。可你知道吗？这些事仙人们都盯着呢，什么挣功德的好机会都牢牢抓在手中，要么自己用，要么扒拉给徒子徒孙。外面的通通没份。"

白猿见细幺形容萎靡，晓得不下猛药不行："又譬如石矶娘娘，虽是顽石成精，但拜在通天教主这等圣人座下当徒弟，受圣人点拨后，照样成仙了。此等机缘和仙缘，得了这好师父，是可遇不可强求的，懂？"

白蛇笑道："它懂。正是因为懂，所以才有了今儿这遭戏。仙人的机缘强求不了，便找个仙童讨好。若是巴结仙童能入昆仑山，指不定就真的有仙缘呢？"

白猿大笑："细幺，你想得还挺美的。"

细幺一声也不应，辨认了一下方向，往峭壁之处去。

白猿和白蛇停步，冲着它的背影吼："可你想得这么美，知不知道找错人了？方向错了，路走得再远，也是错的。"

细幺一顿步，扭头问："找错人？什么意思？"

"你才来几年，不知其中缘故。"白蛇高高昂起头来，"当年，我和白猿在昆仑山下修炼，无意间见了王母娘娘。她怀抱一个婴儿，说是座下仙女生了一个幼子，要带回昆仑养。"

白猿补充道："咱们妖类的幼崽，一落地便可自行奔跑。人类的却不同，须得被母亲养到一两岁，方可蹒跚行步。若那幼子父母均在，何需劳烦王母娘娘？"

"原是那仙女和凡人不告而婚，要知道，天庭最忌讳的便是仙凡通婚。"白蛇将声音压得最低，"此种出生，无论他天资如何高，被王母娘娘如何宠爱，却都有些不合规矩，上不得正经台面。"

"那幼子，便是戭。"

"也就是说，戭要成仙，难得很。"

一蛇一猿跟唱双簧似的，将细幺忽悠得晕乎。

"此乃秘密，千万不能到处说。我和蛇君也是担忧泄密后得罪娘娘，因此才躲来梅山。"

03▷

细幺采了几棵草，将脸上身上的伤口处理了，长长地叹了一口气，趴在洞外的山石上仰望着半空。

明月皎皎，银光若水。

吴刚依然在砍桂花树，千万年没停歇；嫦娥抱着玉兔，不知是在看人砍树，还是在看月下的人间万象。

如果它成了仙，即刻便能登月，去瞧瞧他们是不是当真夜夜如此忙碌。

细幺哀哀地叫了两声，蜷起身体，忍受着伤口一阵阵的痛。

该死的戭，该死的天道，该死的机缘。

明明都有一颗求道的心，为何偏它托生成一条狗？

戭算什么？表面上看起来神气得很，其实也不过是个上不得台面的仙童。

既然都是天涯沦落人，搭把手又如何？

细幺怨怼了一会，又劝解自己，既然一心求道，便不应如此埋怨别人，反而丢了脸面。应该平常心，仔细体会红尘中事，便自然会得道。

它心绪反复，一会儿心急如焚，一会儿自我劝解，几乎精神分裂。

蹉跎到半夜，待云彩掩了半个月亮，到休息的时候了。

细幺起身，无精打采地准备返回洞府，一眨眼却见什么从月亮上飞下来。

那东西凌空而立，姿态优雅，恍若仙人。难不成是月宫的仙子感念到它的幽怨，愿给它一段仙缘？它如此想，便激动起来，赶紧跑到山顶上去。跑得越近便看得越清楚，果然是一个人。

它兴奋地跳了几下，准备迎接自己的仙缘。

然那仙人落在半空却不下来，只居高临下地看着它。

它再定睛一看，银甲和玉冠被月光照得贵气氤氲，不是戟是谁？

晦气！这家伙必是来看它笑话的。

细幺刚提起来的心复又落下，很不是滋味地低头，无精打采地要回家。

一阵破风声传来。

"接着。"戟高声一叫。

细幺应声倒地，顺势打了个滚儿，眼角余光却见一件散发着辉光的小物飞来。

它一秒没敢停顿，用肚腹顶了，那玩意便反弹入它的爪中。

原是一只塞得紧紧的玉瓶，瓶口泄露出一丝丝的香气。它轻轻吸了一下，透骨的芳香味儿窜入鼻端，立刻精神焕发。什么好物，居然有如此奇效？

它仰头："这是何物？"

戟驾云飘到它身前，面带微笑："伤可好些了？"

细幺晃了晃狗头，脸上几道割痕犹在，背上那道可见骨的伤还一直抽痛着。它道："血止住了，但要好，还需很久。"

太阿剑乃是出了名的宝器，妖类被它沾一下，便会皮开肉绽，三年五载也好不了。

"我将青蛟交予王母娘娘销了案，娘娘要奖赏我。我便说了你的事，将奖赏换了娘娘的仙药。瓶中的药水，内服外敷，不消几天，伤便能好了。"戬又道，"以后别再如此蛮干，保命要紧。"

细幺看看他，再看看手中瓷瓶，突然道："仙君，我不想要仙药，只想跟着你。"

戬笑得更欢了些，双目如星："我说过，我非仙君。你叫我戬，或者二郎都可。"

细幺衡量一番，双爪托起仙药："二哥，仙药是王母娘娘给你的奖赏，我不能要。请让我跟在你身边，侍奉左右。我保证奉你为主，绝无违背。"

戬微微一笑，驾云远走。

细幺心急，拽着瓶子追上去，高声道："二哥，你知我一心求道，却嫌我心机。然我若非一片赤诚，何苦守着那危险的青蛟许多时日，只等你来的时候趁空助你？细幺虽是犬类，但有恒心，有耐力，也能为道豁出一切。你却为何偏不收我？难不成真嫌我——是狗？"

戬回头，眉眼一片清朗，仿佛听见什么笑话一般。那神情，配上他的高鼻朱唇，自然而然显出凛然的气派来。

细幺眼见得他越飞越高，知自己得了仙药，于戬便是两不相欠，再无瓜葛。它千辛万苦得了对话的机会，岂能让它白白溜走？于是，它又道："二哥母亲虽然是女仙，父亲却是凡人。天庭容不得你，人间无你立足之地，王母娘娘虽然将你养大，却不会为你违反天规，令你成仙。你我这般，算是同病相怜，为何不携手？"

一阵疾风，戬扑了下来，脸上再无那般笃定的微笑。

他星眸含霜，语带杀气："细幺，你说什么？"

04▷

戬在昆仑长大，自在逍遥。

王母娘娘亲自授艺，诸位仙女爱护，来往均是仙兽，日常拜访各路仙君。娘娘常教导，说他既享了昆仑的仙福，便要担起许多责任来。今天下妖类纵横，便得斩妖降魔，为人间谋福。

戬极其崇拜王母，便求了太阿剑，再带上自家的金弓银弹和三尖两刃刀，开始四处收服恶妖。

他也曾有过疑惑，父母亲是谁，又在何处？

然每当问起，王母娘娘便道："月有盈亏，花有开谢。人，要知足。"

戬便不再问，真当自己是个孤儿。

今忽听得一个犬妖胡言乱语，本只当是笑话，可它提及王母不会令他成仙，却恰恰触动了他一番心事。他日日驾云外出收妖，不知积了多少功德，按说早该位列仙班。然而好几次，王母都岔开话题，只笑问他："二郎，你可知贪字如何写？"

为何他想成仙，便是贪心？

戬一脚将细幺踹翻，压着它的狗头："胡言乱语。若日后再听到这般流言，我必来梅山，将你镇压。"

细幺连挣了几下，却挣扎不过。

戬铁青着脸，给细幺下了一个禁言的咒儿，道："闭口三年，略做惩戒。"

便又飞走。

戬腾云驾雾，要求见王母。

"娘娘去天宫了，不在。"仙女婉拒。

他便要跟着飞去天宫。仙女却叫住他："娘娘走时已算到你会来，便留下一言。"那仙女道，"仙乃世外人，但终究要维护的是世间安稳，持身正乃是要中之要。"

戬听了，垂首不语，半晌道："仙女姐姐，可是因我生来不正，所以无论做了什么，都是不正的？"

仙女听罢有些同情，待要开口安慰，不想戬又道："你们都知我父母姓名，养着我，对我好，只为和母亲的旧日情分吧？其实，你们已将我看成是不正之果，所以无论我做什么都得不到承认，更不用说成仙成圣？是不是？

"那如果，我比所有人都做得好呢？"

那仙女见他俊朗的脸上染了不忿之色，似乎有些怨恨，便道："二郎，切不可辜负娘娘对你的期望。"

戬惨笑一声："自然。若我真堕入魔道，便有人言，果然是生来不正，这不就走邪路了？可你们将我的正道封死，叫人如何做？正道不通，邪路不能走，那便是要我自个儿去撞？"

仙女默默无言，她不过区区末位仙人，岂有质问天道的能力？

戬定定地看着她："你们以为我非正道，我却要偏行正道，堂堂正正去撞个通天大道出来。"

细幺没用那瓶仙药，只日日含在口中把玩。

白蛇好几次见了，问是什么，它因不能说话，只好干瞪着它。

白猿便劝白蛇，细幺必定在戬手中吃了大亏，不仅身伤了，心也伤了。不然，怎么可能连话也不说了？

无法，白蛇便约着其他四个小妖，帮细幺到处找草药，寻灵水，想让它早日康复。

可惜太阿剑造成的伤口实在难以痊愈，细幺在洞中苟藏了大半年，那伤口才刚有点儿要愈合的意思。每痛一次，细幺便在心里骂戬一次，恨不得将他扒皮。

"快看！"白蛇尾巴指向昆仑的方向，"戬又出来了，这半年，他出山好多次，次次都抓了恶妖去昆仑镇压。"

细幺本不想看，奈何好奇心作祟，便仰起了头。

那戬果然在云中，身负金弓，腰坠太阿，肩上居然还立了一头神鹰。

等等，神鹰？

细幺立刻站直了身体，死死盯着那鹰。

鹰目锐利，若修炼得法，可视百里开外的物体。

几个小妖这般看着，神鹰自然发现了，在戬的肩头叫了一声。可惜戬只低头看了一眼，驾的云连顿都没顿一下。

细幺待在山头，心里翻江倒海一般。

他居然，连看也不看它一眼？他三番五次拒绝它，转头居然收了一只不知从哪儿来的鹰？难道是它做得还不够？还是他真的嫌弃犬妖无能？

白蛇叫了一声："细幺要得狂犬病了，眼睛居然都红了，咱们快跑呀。"

细幺口不能言，五内俱焚，两眼瞬间血红。它转头看了白蛇和白猿一眼，垂头往山下走去。

只那一眼，惊得白蛇和白猿不能动弹。它们问了一声："细幺，你要作甚？"

细幺不知道自己要作甚，它只晓得梅山待不下去了。

06▷

荒草蔓生，秋风如霜。

细幺下山朝着戬去的方向奔走了小半月。走得越远，山越来越奇诡，妖风越来越浓厚。

它有些迟疑，但风中不仅有妖兽的晦气，也有戬身上隐约的檀香味。

"那边是何处？"它抓着一只耗子精，在地上写字问。

那耗子精哆哆嗦嗦，半晌才道："此处乃是望海，海中有一妖龙名蜃，惯用幻术，迷惑周围的人兽进入海中，被它吞食掉。"

"那你怎么活着？"它又问。

耗子精几乎要哭出来："我本来被幻术迷住了，幸好被昆仑来的戬救了，他让我立刻离开此地。"

戬果然在此。

细幺放开耗子精，径直往里面走。

耗子精见它一点也不畏惧，担忧地问："你要进去吗？很危险的。那妖龙不知活了多少万年，连天上的仙人也奈何它不得。戬郎君法术极高明，法宝也很厉害，保命没问题。你呢，你怎么办？"

细幺摇头，它不知道怎么办，但要晓得戬怎么办。它在地上写："去找戳。"

耗子精见状，只道："我受戳郎君恩惠，你若当真要进去，我便告你知一件事。望海边的独峰里有一条地道，可直通百里外。若是中了妖龙的蛊，趁意识还在的时候赶紧逃进去，或能保住一命。我也是靠了它，才逃至此处。"

说完，它便细细地将如何进出一一告知。

细幺口不能言，只好前足俯地，深表感谢。

望海无边无际，烟波无垠，海面上漂荡着若有若无的雾气，缥缥缈缈，似踩在云中，但可见前方有一人影。

能在此地站直了的人类，怕只有戳一个。

细幺立刻缩起来，远远地跟在后面。那戳十分警觉，双目如电一般盯着树林中的某处，迂回着前进。可那处既无凶险的妖气，也无野兽的气息，仿佛桃山下的人类村庄一般静谧。

它眯了眯眼睛，收敛气息，在灌木丛中疾行片刻，居然见到一点炊烟。

细幺爬上树，攀在树冠上，只见林中一平地，盖有一间小屋。

一男子，白色长衫，单手执书卷，立在屋前读书。那男子衣冠整洁，面容俊俏，是个风流读书人。他读了半晌，将书放在窗前，又挽了衣袖去旁边的水井打水。烧火，做饭，吃饭，都是再普通不过的事情。只是他一人独居，似无亲人陪伴。

戳，居然偷看一个普通的人类男人？

细幺再细看，那男子双目如星，和戳的几乎一模一样。

它心中一惊，难道这便是戳的生父？

时光仿佛静止一般，戬在林子外面站了一日，细幺便在树上偷看了一日。待太阳下山，那男子终于关门闭户要休息了，戬这才动起来，爬上了望海边的一个山崖，对月无声。

细幺远远地看着他，不敢接近。

又得一日，那小屋传来声响，戬又去了林子外。

如此循环往复，幸得一人一犬均有法力护身，不必日日进食。

过了半月，太阳高照，望海上的雾气散开，显出浩渺的烟波来。戬在山石上站了一会儿，突然飞身下来，似离弦的箭一般冲向了小林子。

细幺要跟着去探个究竟，也化成一阵风，紧紧咬在后面。刚到小平地，便见戬从半空中落下去，拔出来太阿剑。细幺心中大惊，他这是要作甚？还没等它想明白，只见那银白色的剑锋已经没入了那书生的胸膛。

细幺惊得全身僵硬，不能动弹。

戬，居然弑父？

这么一想，它不由得往后退了一步。也是太巧，这一步正踩在一根枯枝上，枯枝发出断裂的声响。

细幺心知要糟，果然见戬缓缓转头，一张雪白却沾满了血的脸对着它，星眸早变得冰凉。冲天的杀气，从那眼中喷涌而出，刺得细幺狗皮发麻。它二话不说，转头就要跑。不料一声细响，一枚银弹打在它太阳穴上，它立刻被击倒在地。

它挣扎不起，很不甘心地看着步入眼帘的皮靴，再往上便是长腿和冷硬的盔甲，还有那长剑。戬锐利的下颌线条，微垂着带些讥诮的眼眸，都在告诉它，它死定了。

"你看见了？"他问。

细幺动了动耳朵，赶紧在地上写字："我不会说的。"

戬向来光鲜，自诩成仙是必然。可当这样的天之骄子偶然获知其出生不堪，而这甚至是他不能位列仙班的主要原因，狂怒之下他必然要将细幺灭口。

"我不会说的。"细幺用力敲着地上的字，又直起身体再写，"你的出身不是你的错，是老天爷不对。"

戬定定地看着它，突然抬起长剑。

细幺闭上眼睛，挺出胸膛，豁出去一般，写下一大片："我父乃是上界天犬，我母只是一头普通犬妖。因违反了天规，被双双收了道行，打入下界。我知道——"

在天规的雷霆重压之下，无人能够幸免。

那滴血的剑顿住，挪开了半寸。

"我竟不知，一只小小的犬妖，竟有天犬的血脉。"

07 ▷

细幺化出了人身，是一个白肤黑发十四五岁少年的模样。他从包袱里扯出一身黑色长衫穿上，头发挽在头顶，又对着一截树枝念了个咒儿，化出一个锄头来。

那书生还躺在自家屋前，血已流尽，再无呼吸。

而戬呢？

细幺回头，却见戬端坐在树冠上，听着海涛，在夕阳下擦拭剑上的血迹。

不知是错觉还是真实，这处笼罩的烟雾轻了许多，几乎能将戬的头发和眉眼看得分明。

细幺叹口气，转身开始挖坑。

人死了，恩怨皆消散，便好好安葬了吧。

细幺将人安葬好，满身满脸都是汗水和泥土。也顾不得休息，径直去那树下。

他跳到戠面前，递出一张写了字的树叶："还是去拜一拜吧。"

戠似没看见一般，只仰头看着天上。一个小黑点在半空盘旋，俨然又是那神鹰。

细幺等了片刻，没等到回复，又递过去一张："你来此处，是诛妖还是……"

"如果办完事，咱们就走吧。"他复递过去第三张，"我现在觉得周围很不对劲，那妖龙说不定什么时候便出现了。"

戠起身，跳下树冠。

细幺以为他终于想通，有些欣喜地在前面引路。

"站住。"戠上上下下细细看他，"倒是修出了个好人样子。"

细幺笑得咧嘴，以为是夸奖。

戠也笑一下："可惜，还是条蠢狗。"

细幺僵了脸，他就知道，连自己爹也能杀掉的，真不是什么好人。

08▷

戠终究没去拜那坟头，反而去海边站了许久。

细幺不知他在看什么，将找来的饭碗放下，在旁边守了好一会才走。

次日，细幺又送了饭过去，发现之前送过去的碗已经空了，被洗得干干净净放旁边。他乐了一下，取了空碗，放下饭食。如是好几天，一个送，一个吃，硬是没交谈任何一句。

细幺好奇极了，海面上究竟有什么，戬到底在看什么？

在他眼里，那处不过是空无一物罢了。

又一日，戬终于动了，他吹着鹰笛，召下神鹰。那神鹰颇大，降在他脚边，直负了他升空。

细幺跳起来想问，却一声也发不出。

戬低头看他，道："你呀，还是回桃山吧。"

细幺不服气，凭什么他就得回桃山？

千里迢迢来，什么事情都没办成，怎么能走？

戬享受了他这么多好处，居然什么也不表示？

没门儿。

于是，细幺又幻回原型，顺着空气中残留的戬的味道，绕着望海跑。

戬始终不离开这儿，定是没达成目的。

他被仙缘蒙了眼和心，既然弑了父洗刷耻辱，必定还要降服了妖龙争取功绩。

如此，他必定是发现了妖龙的踪迹。

细幺只觉自己想的没错，在绕着望海跑了大半圈后，突然发现了一处桃花林。

此时季节分明不对，但桃花却开得红艳，外面还绕了一层桃瘴。

比较欢喜的是，戬果然在林子外面。他立在桃瘴之上，低头在看着什么。

那感觉，十分不对劲，又和他当日看那书生的样子一模一样。

还没等细幺看出什么头绪，桃瘴分开，竟从中走出一个婀娜的女仙。她的脸面模样，和戬九成九的相似。特别是侧身站立的时候，那种飘然欲仙的感觉，一模一样。

细幺脸色大变，戬不会变态到杀死了亲爹，又来杀亲妈吧？他怕是想成仙，想得走火入魔了。

不行，如果这样下去，违反天规且不提，从未有听说过弑父杀母之人能登仙。

它想要找个万全的办法阻止即将发生的一切，可想破头也想不出什么来。它眼见着仙子走出来，似看见戬，抬头打招呼，又见戬再次拔出了腰间的太阿剑，那剑光如电一般，直奔仙子而去。

细幺再顾不得许多，喉间呜咽一声，直奔着戬而去，用力将他撞开。

戬似未防备他，猛然被撞，剑尖偏了三分，擦着仙子的衣襟过去，流云纱寸断成灰。

那仙子惊了一跳，侧头看着戬，眼中满是眼泪和震惊。

戬失了准头，脸上有些懊恼，一把将细幺推开。细幺哪儿肯？它张口咬住他的银甲下摆，死命不让他过去。弑父已经是错，不能再错上加错。戬天纵英才，万不可就此误入歧途。

仙子欲扬起桃瘴躲避，戬恨得咬牙，抬手取下金弓，拉开弓弦，银色的弹丸在他手中放光。

"不可以——"细幺拼了老命，终于挣出几个字。

然而，戬一脚将它踹开，再陡然松手。银丸化为一道流光，打在仙子的眉心。

细幺跌撞到旁边的老桃树上，后背生疼，又不忍细看戬母亲眼中的悲痛和绝望，扭头缩成一团。

戩，入魔了。

09

戩站在桃树上，横着手臂等着鹰儿降临。

这些时日，鹰儿不停地在空中警戒，着实累了。

片刻工夫，鹰落下来，他便摸出许多干果子塞入它的口中。鹰头贴着他的手挨了挨，吃饱后便立在枝头休息。它黑豆一般的眼睛好奇地往下看，充满了疑惑。

戩紧张了好几日的精神也松懈下来，笑问一声："它是不是傻？"

所谓的它，正是狗子细幺。

细幺通体雪白，唯有两目黑如石炭。此时，它缩成一团，头埋在前爪中，身体偶尔抽动一下，泄露出它一声半声的哭腔。它在哭，还哭得厉害，可又不愿意让人看见，便这般别扭地存在着。

鹰儿又看了会儿，点点头，又在戩的手背上蹭了一下。

戩再给它塞了满嘴的干果子，给自己也剥了一颗果子吃。

细幺抬头看他一眼，那眼睛仿佛在控诉，更盈满了泪水。

居然还真挺伤心？戩举起一个剥好的核桃仁："要吃吗？"

细幺默默起身，转到一株巨大的桃花树后，须臾便走出来一个着黑衫的少年。他似已将脸擦干净，露出面颊上几道陈旧的伤痕，拎着锄头走出来，但肩背依然是缩起来的。

"你的脊骨裂了，"戩道，"不先疗伤？"

细幺似没听见一般，在周围转悠，选了一株开得最盛的桃花，开始挖土。奈何他旧伤未愈，又添新伤，挖一锄头便要歇一口气。

戩道："要帮忙吗？"

细幺依然沉默，只执拗地一锄接一锄，等挖好一个深坑，已经过去了一个时辰。他丢开锄头，又去捡桃花瓣，全兜在衣摆里装回来，一层一层地铺在坑地下。准备好后，小心翼翼地将那仙子挪入坑中。他似不忍仙子的容颜被泥土直接接触，去找了更多的花瓣，让她整个人没入其中。桃花遮盖她脸的时候，他终于忍不住哭出了声音。

戬已经吃完了核桃，正在磕松子，被哭声惊得住了手。他看着细幺痛痛快快地哭了一场，很舍不得地将桃花全部整理好，然后下一铲土，再哭一声。等到整个坟墓成了小山头，他已经哭得没力气了，却还四处找干树枝，要架起火堆来祭祀。

戬吃完坚果，拍拍手上不存在的灰尘，跳了下去。他只觉得沟通艰难，便解了细幺的禁语咒儿，问道："你哭什么？"

细幺赤红的眼睛看着他："我只是想到我娘了，她虽然只是一条最普通不过的细犬，但却是最好的娘亲。"

烈日如火，将它活生生晒死在山崖之上，徒留一副枯骨架子。细幺本欲为娘亲收尸，可刚一触碰，那架子便散成飞灰，被风卷着，飞向四方。

细幺想要成仙，当面去问问天帝，为何仙凡两别？天规之下无人情，可世间万物，哪一个是真无情？既然已经收去了他们的仙籍作为惩戒，又为何要再加刑罚？

细幺离开家乡，一步步走到梅山，守着昆仑进出的方向，日日看那些仙人和仙童。选来选去，只有戬技艺最高，人面最广，最常忙的便是收妖除魔之事。他对他抱着期待，可没想到仅仅一个仙凡私生的身份，便将他打垮，干出这等逆天的大事来。

"你永远都不会成仙，"细幺看着戬，一字一顿，"你不配。"

戩却抬手，敲了敲他的额头："我当然不会成仙。"

细幺决绝地打开他的手，不料他道："我会成圣。"

"你做梦。"

戩高高地扬起眉，看傻子一样看着他。细幺一点也不怕，反而瞪回去。

戩嗤笑一声，转头看向那小小的土堆，突然将手一挥，尘土和花瓣齐齐飞扬。

细幺哑叫一声："戩，你怎可连一个安息地都不给她——"

戩飞身而起，周遭的桃花林一点点扭曲，那土坑内却空无一物。

他的声音从空中传来："傻狗，你闯入我和妖龙厮斗法的地界了。真和假，现实和幻觉，你能分得清？"

10

细幺眼睁睁地看着那漂亮的桃花林变成一具具野兽的枯骨，原本漂亮的桃花瘴也变回了漂浮的妖龙气。远处蔚蓝色的望海，居然在阳光下逐渐褪色，最后成了一摊黑水。

那鹰在半空里发出一声嗤笑："蠢狗。"

细幺欲回嘴，却见它高高地飞远，追着戩的方向而去。

戩驾着云，立在黑水上空，不知做了个什么动作，黑水中心突然冒出一个巨大的漩涡。一头黑龙破水而出，耀武扬威，满身杀气。它似有些恼怒，扬起了漫天的黑水和尸气。

"傻狗，跑。"戩高喊。

无数的银色光芒从金弓的弦上落下来，打在妖龙身上，每击中一次，便是一次翻江倒海。

细幺见识过不少法术，可何尝见过这般规模宏大的？他一时间看得失了神，一蓬黑水转眼即至，他要躲避已经来不及，不想戡却闪来，一把将他推开。许是冲得太着急，戡的肩上中了那些黑水，银甲被腐蚀，肩头血肉糜烂，几可见骨。妖龙大笑一声，戡将细幺护在身后，拔出了太阿剑。

"对不起。"细幺立马道歉，"是我拖累了你。"

"快走。"戡道。

细幺怎能放了他一人走，便道："戡，我知道一条捷径，可以暂且避开妖龙。咱们先去那里处理伤口，待伤好了再来。"

戡低头，看看肩膀上越来越大的糜烂处："带路。"

细幺走前面，很快找到了独峰，又在背面发现了草丛虚掩的洞口。他用耗子精给的口诀打开洞门，将戡拽了进去。

戡眼见后面一路追来的妖龙在洞口徘徊，黑水也漫不到此处，稍微放心。他低头看肩头，皱了皱眉，一把扯下残破的银甲，又要去弄伤口。

"等一下。"细幺连忙阻止，不知从何处变出了剪子，轻手轻脚去剪那些沾在伤口上的布料。

细幺将伤口清洗干净，可沾在血肉上的黑水还在蔓延。他想了想，吐出口中的玉瓶。

"你没用？"戡问了一声。

细幺点头，便要拔开瓶盖。

戡看他一眼，道："慢，让我来。仙药有限，不能浪费了。"

说完，他接了玉瓶，咬开盖子。一股白色的仙气从瓶口冒出，他深吸一口气，将那些烟儿纳入鼻腔，良久，苍白的脸恢复了一些血色。他点点头，凌空吸了一口，缓缓吞下。又片刻，才洒出一滴仙药在空中，化为雾气，落在伤口上。那些黑水肉眼可见地褪去，伤口停止了腐蚀，而原本缺失的皮肉，居然缓慢地生长起来。

活死人，肉白骨。

细幺又是头次见，十分骇然。

戬见他那样儿，将瓶子还给他："还剩了一半，你赶紧用了。"

细幺将瓶紧紧握在手中，却没动。

"快啊。"戬催促他，"这洞口的迷魂阵太弱，迷惑不了妖龙许久。若它追进来——"

细幺将于瓶重新塞入口中："仙药很宝贵，不能随便用，得留在最需要的时候。这地道应该没问题，咱们顺着它往里面走，就能出百里之外。"

戬笑了一下："你才来，怎么知道的？"

"路上遇见一个耗子精，说受过你的恩惠，告诉了我这个逃命的办法。"

"耗子精？"戬皱眉，再看地道，突然道，"不好，中计了。"

细幺还在发蒙，戬却一脚踹向地道。他力气大，能翻江倒海，却踢不穿石壁。石壁受了力，缓缓动作起来，那洞口竟自动闭合，再无一丝光线。

戬咬牙道："望海周围百里，早被妖龙吃成白地，哪儿来的活物？除了你，我没见过其他小妖。傻狗，你从那时候起，便着了那妖龙的道。那耗子精，怕是妖龙幻出来的。"

细幺大骇，却听得洞外传来妖龙的猖狂大笑："哈哈，若不是那犬妖，我还不能将你困入我腹中。"

戡舍了细幺，从怀中摸出一颗明珠照亮，前后仔细查看，抠下一点点石缝的渣滓，道："原来那妖龙将真身藏在此处，怪不得我杀了它两次均杀不死。傻狗，你站开，我且再试试。"

长剑戡砍，银丸射，均无效。

"我修炼十万八千年，真身的皮肉早已炼化，坚不可摧。"妖龙又得意道，"戡，你就等着成我腹中白骨吧。"

戡收剑，垂首而立。

细幺丧气道："对不起，是我拖累了你。"

戡没应声，耳朵贴在石壁上，仔细听外面的动静。他道，"一点小挫折而已，你委顿什么？如此容易放弃，还想成仙？且守着桃山过逍遥日子去吧。"

说完，他拎起长剑和金弓，往洞的更深处去。

11▷

细幺跟在戡身后走了许久，越往里面，明珠的光越微弱。

他道："你为什么不怪我？"

戡举起明珠："你也是无心的，且怪你无用。"

"你，为何要救我？"细幺道，"若不是你帮忙，我就要在那黑水之下化成飞灰了。"

戡半回头看他，下颌的弧线被明珠的光芒照得迷蒙，他道："你为了成仙，故意在我收妖的时候跳出来，假意帮忙，挟恩求报。"

细幺头垂得低了。

"求报不得，又成心以我的身世挑拨。"

细幺更有些无地自容了。

"其行，不正也。"

细幺整个人要缩成一团。

戬见状，笑了一笑，道："你不甘心，跟我来望海。以为我弑父杀母，虽然无力阻拦，但也敢在劣势下坚持自我。"

细幺终于抬起头来，戬又道："其心，乃正。"

细幺呜咽一声，要哭不哭的。

"我收妖数百，"他抬头拍拍细幺的头顶，"见过的妖更不下数千，能做到你这般的，实在是少数。万不可妄自菲薄，也不可遭遇挫折便放弃自己，懂吗？"

细幺抬手抹了一下眼睛，湿湿的。他问："戬，你为什么一定要成仙成圣？"

戬转身，将明珠举得更高，身下的影子也被拉得更长，他道："到底是为什么呢？最开始大概是觉得自己比一些仙人还要厉害，既然大家都是仙，那我也得是；后来得知有父母，才发现仙人不愿我成仙，因我生得不正；一个人如何，是因出生而定的，还是由他个人的努力而定？我想告诉他们，即便一个人生得不正，可他只要努力向上，必然是——"

细幺看着越走越远的他，再看前后不知还有多远的黑暗，又问道："如果你能出去，会干什么？我的意思是除了成仙之外。"

"寻了半年，获知父亲忧劳成疾，已经不在了，母亲被天帝罚在下界不知何处。出去的话，当然是找到母亲。母亲犯错，被天帝惩罚是一桩事；我为人子，照顾母亲，却是另一桩事。"

细幺喃喃道："那你能顺便问一问天帝，为何惩罚了犯错之人，还一定要她死吗？"

戡又回头，看着他热泪盈眶的样子，点了点头。

"戡，我信你。你是天上天下第一正派人，也是最守信的人。说出口的话，一定会做到，对不对？"

戡心觉有异："细幺，你要做什么？"

细幺仰头："我自己犯了错，我自己弥补。"

历此种种，细幺对天庭和自己都十分失望，深知靠自己那点儿微末的法力要成仙已是难了。可戡不一样，他天资拔萃，坚定凌厉，一定能够达成他所愿。

他猛然显出原型，从半人高暴涨至一人高，逐渐长得更大，要将通道塞满。它有天狗的血脉，虽然不足一半，但也能勉强幻出法身来。只消张开吞天的巨口，将这妖龙的身体吞掉一截，戡便自然能出去，它也算是有了作用。奈何能力有限，一旦动用法身则性命堪忧。因此，他有了死志，也算是留下遗言。

戡本见他露出法相，有些欢喜。可见那法相越长大，细幺的面容越痛苦，甚至脸上和背上的伤处崩裂，很有些难以支撑的意思，他再一沉吟，立刻明白了细幺话中的未尽之意，便升起些许怒意来。

刚叮嘱他不要随便放弃自己，他便来这个？

戡气极了，丢开武器，一脚踹向细幺。他力气大，又在怒中，便没控制好，这一重击立刻打断了细幺的法相。

细幺恢复原型，落在地上呜咽。

戡昂然而立："我的命，岂是你一小小犬妖能救的？这个人情，我不欠——"

望海边，独峰下。

大地开裂，露出土石之下一条盘在一起却依然长达数百里的妖龙。那龙皮因久不见天日，显出峥嵘和干裂的状态，令它行动也变得困难起来。

可那妖龙显然十分兴奋，高昂着头，四肢撑在地底，努力要将身体撑起来。

"别挣扎了，早死早超生，下辈子投个好胎，别和那些道貌岸然的仙人混一起，不然怎么死的都不知道。"

它对着肚腹中不安分的一人一狗吼叫。

等了片刻，没了动静。

妖龙轻笑一声："想不到死得这么快。"

它缓缓挪动身体，绕着独峰盘起，欲君临望海，然刚攀得一半，头颅似乎被什么击中一般，狠狠砸入峰体之中。

它大吃一惊，待要挣扎，接连不断的重击却不知从何方袭来。

"谁？在哪儿？"它咆哮。

一声嗤笑，似乎近在耳边，但却又没有踪迹。等到发觉不对劲的时候，妖龙头顶居然裂开了一条缝来。

它大吃一惊，晓得自己的命门便在那处，赶紧道："戬，你做了什么？我张口，马上放你们出来，你住手——"

音儿还没落，便见它眉心处突然从内向外炸开一个巨大的孔洞，登时漫天血肉横飞。

戬一身银甲地站出洞来，略有些嫌弃地挥了挥血雾。

细幺一脸不可思议地看着戬，似不认识他一般。他活动一番胳膊，道："所谓坚不可摧，不过如此，还不是抗不过我一双手？"

"你——"细幺问，"为何一开始不用？"

只凭双手力量，居然硬生生撕开了妖龙的头颅，何等可怕？

戬笑："我自出生便力气大，后来嫌只凭力大胜人实在不好看，便自个儿封了一半。好妖龙，逼得我不得不用这般粗鲁的招儿。"

他说着，似在泄愤，又是一拳打在还在挣扎的妖龙额头上，轻轻松松，如入腐泥之中，仿佛在掏挖什么一般。

细幺不知他要作甚，此时还剩一口气的妖龙居然哀求起来。

"郎君，仙君，求你饶了我吧。我愿为你坐骑，愿为你驱使，只要——"

"找到了。"戬似没听见一般，对细幺笑了一下，"这妖龙除了耍得一手好幻术，皮肉硬了些，便只得眉心处的一颗蜃珠有用。得了它，可识破天上地下一切幻境。"

说完，他胳膊用力。

细幺听见什么撕裂的声音，又见妖龙彻底不挣扎，死蛇一般瘫倒在地上。

戬拔出拳头，冲细幺摊开。一颗金黄色的珠子在他掌心滴溜转，没等细幺看清楚，戬居然将那珠子用力按向自己的眉心。

"你干什么——"细幺惊呼。

戬脸上显出一些痛苦来，颈项上青筋毕露，然一刻钟后，他又恢复了丰神如玉的模样，手拿开，额头光洁如玉。

"你做了什么？"细幺在问。

戬微微一笑，宝相庄严，却见那眉心处张开一道细细的裂缝，一只金色的竖瞳神光闪耀。

细幺呆呆地看着他，那瞳光刺得他两眼发痛，不能直视。

13▷

戬拖着妖龙，从望海至西昆仑。妖龙身长百里，横在山水之间，震动四野。

王母娘娘收了妖龙镇压在昆仑山下，赏赐了戬诸多法宝和仙药，却丝毫未提成仙之事。

五方仙人来恭贺，娘娘便开了瑶池做宴会，神鹰和细幺之流，自然无法上座。

宴席到一半，只见戬拎出许多酒肉来和它们分享。

神鹰狼吞虎咽："郎君，他们怎会放你出来？"

戬笑："酒过三巡，话也说尽了，自然就出来了。他们现关心封神之事，正在问娘娘话。"

封神？细幺耳朵动了动，奈何不懂。他见戬虽在笑，但笑中却有几分落寞，心知他失望是难免的。便道："二哥，何时去下界寻母？"

"明日。"他看着它，"细幺，今次多谢你。若非你——"

细幺惭愧，狗脸通红。它险些坏了他的大事，有何可谢的？往日心心念念要做他坐骑，他不愿，它还心生怨怼。可此番才知，连贪酒的神鹰都比它有用些。自怨自艾之下，难免自卑起来。

戬说得一通好话，却见细幺在地上缩成一团，又显出那哀戚的模样来。他好笑道："细幺，你怎么了？"

细幺底气不足道："二哥，我跟你一道去下界寻母，能做一些开路和驮东西的力气活儿。只求你别嫌我无用——"

连坐骑的话，都不敢出口了。

说完，它低头埋胸，看也不敢看他。

半晌，一只手落在它头上揉了揉："细幺，你是我的朋友。"

细幺回到梅山，已是隔年的春季。

一行小妖找到他的时候，细幺正对日修炼。它闭了五感，十分认真。

"肯定被打击了。"白蛇摇头，"它追着戬去，一去便是大半年，回来便一声不吭。"

"也吭了的。"白猿为它挽尊，"它说是戬亲自送它至山下，且给了仙药疗伤。"

"舍出去半条命，还是连坐骑也没挣上啊？"一匹白马道。

白猪连连叹息："没有的，怎么可能挣得上？戬这回真是出了大风头。他降服了望海的妖龙，又得了天眼，怎么可能还看得上一头细犬？"

白牛道："你们不必如此轻视细幺，回来的时候我确实见戬送它至山下。后来戬离开，我问了细幺，这回是不是争取当坐骑成功了？细幺说，戬拿它当朋友。"

朋友？众妖都哈哈大笑起来，显然这是个笑话。

细幺不耐烦地睁开眼睛："你们生怕我听不见？说得如此大声？"

白蛇滑过去，道："细幺，咱们要春祭拜月，你来不来？"

"来，"它道，"通知我什么时候就成了。"

五妖对看一眼，道："就这月月圆那晚，子时，千万别迟了。"

细幺打发走五妖，十分委顿，回想起那日。

戬道它是同甘共苦的朋友，不能用坐骑来折辱它。这么一个好理由，细幺能说什么呢？它深深地叹口气，仙缘，虚无缥缈啊。

还是日日打坐修炼吧。

细幺等到月圆那日，取了洞中存的许多鲜花和果子，去了拜月的地儿。

小妖们已经将祭台搭起来了，燃香供烛，搞得十分红火。时辰到，六妖齐齐跪在香案下面，磕头行礼。

白猿提议："咱们结拜吧。"

白蛇也道："梅山也是一不大不小的灵山，咱们六个虽然成不了仙，但也非普通小妖，自然可以称圣。不如，咱们便叫梅山六圣？"

细幺叹口气，真是说大话。

不过，除了它外，余者都十分积极，便找了酒水来歃血为盟，做了结义的兄弟。有讨好的小妖，打起了旗帜来，上书"梅山六圣"。

白猿将细幺拉到身边："如今咱们也是有依仗的了。"

白蛇蹭过来，道："得了一桩好差事。"

"只要干好了，天上不说，地上肯定没人敢招惹咱们。"白牛劝道，"兄弟齐心，什么干不了？"

"做什么？"细幺被勾起了好奇心。

白猿以手做扇，挡在细幺耳边细语。细幺先是瞪圆了眼睛，后浑身颤抖。

白蛇道："如何？是不是天大的机缘？细幺，你日日念着要成仙，若是这把干好了，不是比成仙还要好？"

14 ◈

戬回昆仑，将困着妖龙的宝器交给仙女，便要离开。

仙女道："二郎，娘娘今日在。"

他谢过仙女，道："娘娘上次的教诲，我已牢记在心。"便没什么可再见的了。

仙女道："你欲往何处？"

"下界。"戬道，"降妖除魔是修行，匡扶人间也是修行。"

仙女道："二郎，你骗得了别人，可骗不了我。你这一年里跑遍了上界，将四处翻得底儿朝天，不单单为降妖罢？你现去下界，怕是为了寻母？"

戬没有隐瞒的意思，点头道："为人子，这是应该的。"

他便招了神鹰，驾起云头，一路向下界而去。

仙女看了良久，去殿中回禀。

王母端坐御座之上，听罢后道："二郎有这段因果，便随他去吧。他母亲在我座下侍奉诸多年，只求我养他长大。他又是个好孩子，我岂能忍心见他自个儿撞得头破血流，没个结果？你且去将玉鼎真人寻来——"

仙女诧异道："娘娘，三位圣人此番为了封神榜头痛，那封神的劫难应在十二金仙身上。金仙们为了过劫难，四处收徒代之，其中玉鼎真人也趁机放出了风声要收徒。可据说，需得徒弟们死过一次，金仙们的劫难才过，徒弟们才能最终得封神位。可封神后，再难成仙成圣，二郎心高气昂，必是不愿的。"

王母便笑道："自混沌起，圣仙妖混居，职责不清。封神是应劫，但也是将那些职责定出来，日后天地自然，便按神职运行。现今圣是有数的，仙位也快要满了，留给天下的机缘越来越少。也是因此，天庭才趁这机会广封神位，算是给诸多不能成仙的修行人一个走捷径的机会。虽神位再进仙圣困难，但有了个名额——"

仙女便懂了，这是为戬求个再进一步的机缘。

"再且说了，我家二郎——"王母显出几分不满来，"我家二郎为人正派，术法高明，降妖除魔从不落人后。那玉帝老儿坐在殿堂之上，数十万年怕早就铁石心肠。他心中除了冷冰冰的天规，再无自然之道。为一己之清名，禁死了二郎他爹，又关了她娘。现今发现二郎在寻母，又要再下杀手。可要知道，二郎母亲，乃是他的亲妹。因是亲妹，又尤其苛责。他不是要再责罚她，而是要她死。"

王母冷哼一声："天算九十九，尚且要为人留一线生机。他可给了二郎一线生机？"

仙女道："娘娘心善，是要为二郎留得一线成圣的机会了？"

王母傲然道："我家二郎，岂会死在封神中？他既说了要肉身成圣，必然是能先活着封神的。如此，我给他一个机会，又如何？"

15▷

戬下昆仑，只带了随身的几样武器，还有那头鹰。

他从天眼中投出一段影像，正是在望海边桃花瘴里出现过的仙子，影像渐清晰，落入鹰眼中。

"就照着这张脸去找，"戬抓了一把果子给鹰，"仔细些，别漏了。"

鹰点点头，振翅高飞。

戬仰头看了天空许久，叹口气。

那妖龙在望海待了许多年，吃了无数的小妖和人类，只要是它吃过的活物，其身体和记忆都可被用在幻境中。戬的父亲死在望海，他记忆中的女仙自然而然也会出现。

戬收服妖龙，又取了它的眼睛，便得知母亲的样貌。

希望，这一切都会顺利。

春去秋来，戬带着鹰走遍神州大地，却一无所获。

他万分不解，母亲是仙人，夜观星宿，代表她的星光还在，怎么可能找不到？天地间，能逃得脱神鹰双眼的，便只有下界的几处神仙洞府，而天帝不可能将母亲囚禁在上界。

他走遍了下界的灵山洞府，依旧一无所获。

排除掉所有的不可能，他的目光最后放在了梅山。

戬站在高山上，凝眉目视梅山所在的方向，有些咬牙。

细幺那小狗子，怕不是又干了蠢事。

16▷

天之极西，虞渊；虞渊者，日落之地。

今昆仑处极西，而梅山在昆仑之西，便是上古时候的虞渊。

细幺看着地火喷涌处的岩浆，又看着上方被陨铁锁链挂起来，不断遭受炙烤的女仙。

那是戬的母亲，昔日王母娘娘坐下的云华女仙。

她虽在火狱中，却依然保持着恬淡温和的表情，既不叫苦，也没有不耐烦。

细幺从来不知道梅山下居然有这样的地方，更不知道一个小仙如何熬过这从无间断的火狱之刑。甚至，云华女仙对它这样一个籍籍无名看守狱门的小妖还客气得很。

"给你们，添麻烦了。"第一日见，她便对细幺如此道。

押解她的神将将人绑扎在岩浆之上，对着六妖仔细交代："好生看管着，这是天帝的犯人，绝不允许逃脱。若是你们六个干得好，说不定能被赏赐一个神职。不管谁来，凡试图解开锁链的，点燃这根香通知我等。"

一根细香，交在白猿手中。此香乃是灵木制成，烟气可直达上界。

白猿小心翼翼地接过。

神职啊，不能成仙，但却能永葆性命的折中办法。毛头小妖得神职，已经是很好的机缘了。

"一定要干好，千万不能犯傻。"白蛇和白猿再三交代，"这可是几百年都等不到一次的机会。看到没有？那是天帝的神将啊，威风得很。"

细幺垂头，心中却十分挣扎。

它头上却挨了一下，是白猿的巴掌："细幺，你千万千万不能坏我们的好事。"

细幺主动要了看守云华仙女的责任，其他五妖则在梅山周围警戒。

山顶取了冰冻的水，林中采了野花的蜜，它都带给仙女果腹，希望能令她好过一些。

"你不必如此。"云华道，"触动周围的禁制便不好了。"

"岩浆下面有什么吗？"它问。

云华笑一下，仿佛戳在笑："此地乃虞渊，翻腾的岩浆下是阳母羲和。自羲和失了九子，便隐在此地。可她性情日益暴躁，稍有不慎便会显出原型，那时整个梅山恐怕都将被焚烧。若不能止住她的怒火，她便会显出太阳的原型，天空高挂二日，怕是要天下大乱。"

细幺心惊："羲和？生了十个太阳的那个？"

云华点头，手上的锁链叮当："生了十子，被后羿射杀九子。"

九子死而一子存，不管那九子犯了何等罪，作为母亲总是悲伤的。

细幺不敢轻心，照顾得更仔细了。

"谢谢你，我舒服多了。"云华饮了一口山泉水后，感谢道。

细幺垂头，轻声道："戬，我是说你的儿子，他说将我当朋友看待。"

云华立刻笑得更欢畅了："原是二郎的朋友。我儿果然眼光好，交得你这样的好友。"

细幺愧疚得很，朋友，他怕是不配的。

山中日月过得缓慢，数着日子，也才过得大半年。

不管细幺如何照顾，云华还是日渐消瘦，身体周围的神光也黯淡下来。它想放下锁链，让云华去旁边没有岩浆之处歇歇，然而许多次想要靠近，均被岩浆和锁链周围的灼热熏得皮翻肉滚。

白蛇骂他多事："天帝要干的事，咱们还能反对得了？"

白猿也道："就算戬将你当朋友，你做的那些也够朋友之义了，总不能拎着自己的脑袋和他玩吧？"

细幺盯着它们："戬在望海救了我，若不然，我早就死了。"

白蛇气得跑走了，白猿背过去不说话，过了许久，白猿才道："细幺，放了云华仙子，咱们死；守着云华，等戬来，咱们也没好果子吃。你说，到底要怎么做？"

细幺知道自己该怎么做，但却不愿将五个好兄弟拖下水。

白猿叹一口气，也跟着跑走了。

细幺守在渊口，百无聊赖地盯着天上橙黄色的太阳，因为直视，瞳孔缩成针尖大小。

如果，如果它的法身，能够一口将它吞掉就好了。

看着看着，天上出现一个极细的小黑点，隐约有鹰唳。

细幺猛然起身，双目炯炯有神。

神鹰和戬从不分开。

是戬，戬回来了。

它张口便要呼唤白蛇和白猿，不料锐利的剑尖从下方抵住它的喉咙，戬则从林中缓缓走出。

"细幺——"他道。

细幺想说话，但太阿剑被法术驱使着悬在半空，剑刃几乎扎入它的肉中，实在开不得口。

"你这条蠢狗，又干了什么蠢事？"戬问。

细幺想解释的。

"这里，便是梅山下的虞渊？"戬只看了一眼，便笃定道，"云华仙子，是不是在这里？"

这声问话里，已经带了杀气。

"冷静些，"细幺努力张口，下巴却被割出一道血印子来，它顾不得许多，"戬，你冷静些。"

"冷静？"戬冷笑，"我只道你心正，不料你这般帮着天帝镇压我母亲。你，收了他什么好处？还是说，你要堂堂正正站到他面前去问的话，已经不需要再问？"

细幺心中一痛，答不出来。

戬一甩手，径直往深渊去。

细幺上前一步，戬手一伸，太阿长剑便动起来，硬生生又入了肉半寸。

"不要动，否则，我当真会杀了你。细幺，你真令我失望。"

戬回看它一眼，那一眼，足令细幺惊心动魄。

17

细幺站在虞渊边良久，深渊下方不断有灼热的气流升腾。

戬自出生便没见过母亲，他们相会，一定有许多话要说。

云华仙子那么美，那么温柔，肯定是个好母亲。戬心正，且不畏惧天帝，不仅能做个好儿子，也会是个好神仙。这世道本不公平，神仙便是在这不公中寻求公平之道。持心正，着实可贵。戬在面临望海妖龙那般状况下，在自己算计过他后，都能救他一命。可见，他本心坚定，无论什么情况都无法动摇他。

细幺垂头，苦笑一声。

他是昆仑山顶的圣洁白雪，自己则是梅山脚下的污浊泥垢。

虞渊下翻腾的热浪冒出火星来，周围的树林子开始蒸腾水气。

白蛇等人发觉不对，这才跑过来，见细幺被太阿剑止住，大骇道："这是怎么回事？戬来了？"

细幺指了指虞渊下方，白蛇大声道："他来了，你怎么不示警？"

还是白猿明白："戬既能降服妖龙，细幺怎打得过他？"

这边还没商量好怎么办，要不要燃香召唤神将，便听得虞渊下方传来一声极响亮的金属撞击声。几乎是立刻，一道金色的光芒直射出来，照亮了半天。

细幺心道不妙，戬必然是解开了那锁链，惊动了羲和。

下面，肯定是打起来了。

果然，太阿剑和主人相通，摇摇晃晃地，离了细幺的颈项，一头扎入那金光之中。

细幺终于得了自由，白蛇便对白猿道："快点香，通知那些神将来。"

白猿捏着细香，却看着细幺。

细幺活动活动身体，在崖边徘徊，却并不理它们。

白蛇要疯了，冲白猿吼道："你作甚？为何还不点香？"

白猿开口了，看着细幺道："细幺，点，还是不点？"

细幺头也不回，身上细细的白毛在金光中亮若绸缎。它道："点或者不点都没意义，那些神将必然拦不住戬，以及羲和。"

其他小妖听得羲和的名字，惊呆了。

阳母，虽然沉寂了许多万年，但谁敢惹她？谁又知道她居然在深渊之下？

白猿这才恍惚："那是不是，不管怎么样，咱们都没好果子吃？"

细幺点头："戬一定要救云华仙子，可锁仙子的陨铁和岩浆池却和羲和连在一起。羲和一旦醒来，必定发怒，别说整个梅山不保，只怕还要波及昆仑。你们快去通知山下的活物，连同乡民，能跑多远便跑多远。"

"你呢？"白蛇胆战心惊。

细幺一笑："我殿后。"

18

虞渊内轰隆作响，开始有地火的灰色烟气冒出来。

细幺站在高岗上，眼见着无数的飞鸟和走兽，连同山下携老扶幼的乡民们奔逃出梅山。它看一眼半天上隐隐的云彩，那后面似乎有什么在窥探。

它喉间发出沉吟的声音，身体一点点变大，出现法身。没了戬的阻拦，法身肆意增长，变得仿佛一个小山丘般。

它冲着那云彩的方向，发出了几声咆哮。

天庭震怒，雷声滚滚。

细幺便知，那云彩背后藏的，不是神将，便是代表天帝的人。

正此间，虞渊内飞出一团银光，是戬。他道："细幺，羲和要出来了，把梅山的妖类和山下的——"

"已经撤了。"细幺沉着嗓子。

戬回头，惊喜地见山顶立了个巨大的神威犬相，外皮白如玉，双目神光如电。

"你——"他说不出话。

"我用法身，不是要你欠我人情。"细幺道，"梅山乃是我的洞府所在，你和天帝斗法殃及池鱼，我却不能不保自己的家。"

戬有些愧色："细幺，我听母亲说了，你——"

细幺摆头，背对着他："不要废话，你速解决阳母，上面有人在看着呢。"

戬抬头望天，显出许多愤懑。他点点头，冲细幺拱手，又冲向深渊之下。

有七彩的神将从云中飞出，似要落下来。

细幺挡在虞渊口上，龇牙咧嘴，凶相毕露。

那些神将踌躇了片刻，便开始施法。一会儿天降神雷，一会儿紫电狂落，更有一人立到细幺前："犬妖，让开。"

细幺不让，张开巨口，似要吞噬。

那神将无法，只得暂退，不料细幺却弃守为攻，直入云霄之上。咆哮声声，穿透云霄，直达天庭。它追到彩云边上，窥见云霄宝殿一角，其中一金黄色神光的人影，只怕是天帝本人。细幺神魂激荡，只发出一声："玉帝，你不公——"

话音未完，当头却被一巨大的银钗打中，落到梅山上。

王母降临，有些唏嘘地看着它："想不到区区犬妖，居然能化出天狗相来。"

细幺不甘，那王母又道："你既要护世人，又要助戬，何苦斗气？看下界。"

细幺低头，见虞渊顶上火光滚滚，一轮金色的明焰升腾出来。戬拎着太阿剑立在火焰之上，可那些飞溅的火星落在地面之处，便是一场大火。山下还未走远的人类被一座山谷挡住，白猿它们妖力有限，许久也无法搬开，哭声震天。

白蛇和白猿说过，大功德，乃是匡扶人类——

它心中一惊，再见王母，她的微笑却颇意味深长。它拱手，立刻掉头去山下，将挡住去路的山谷踩平，荡出一条大道来。又有那些飞溅的火星落下来，便用身体去挡。

一番动作，将梅山清理干净，便见得戬身影高涨百尺，手中的太阿化成开山神斧，一下从山顶劈至山脚。

火光滚滚中，山崩地裂，更有一声清脆的断裂声。

陨铁锁链开了。

细幺惊喜，待要去看，却见那金色的明焰要摆脱什么一般，飘飘摇摇往上，如同多了一个太阳。

"阳母出来了。"它惊呼。

正当此时，天上又雷声滚滚，有一个声音传出来。

"阳母，当年你纵容十子藐视天规，犯下大错。在虞渊反省万年，可知错了？"

阳母不作声。

"云华女仙，身为上界仙子，又是天帝御妹，不守天规，且不知悔改。命你受炙烤之苦，便可抵剩余的幽禁之期——"

"不可如此。"王母出言，"云华女仙被囚在下界多年，该罚的已经罚过了。"

"她并不知错。"那声音坚持道，"也无悔改之意。"

戬背负着云华仙子，落在细幺身边。仙子落地，抬头看天，只道："谢娘娘直言。"

王母叹息一声："云华，你可知错？你快向你兄长认错——"

云华虽有些萎靡，但衣衫严整。她柔和地看一眼戬，道："娘娘，不必再为我斡旋。我不知错在何处，更不知无错的时候怎么改错。我和夫君两心相知，已告了天地，也拜了天地而结成夫妻。天地未曾出言反对，我们便行得正，我儿也生得正，何错之有？"

细幺听得心潮起伏："对。我爹娘也是拜祭了天地才结成夫妻的，为什么有错？为何惩罚他们之后，又将我娘晒死？"

云彩翻涌，显然那主人十分恼怒。

王母欲言，可高处的太阳火焰中却显出一张女性面容来，正是羲和。

羲和冷笑一声："我生十子，九子已死，现余一子，日日轮值。我们母子分离之苦，又有谁来偿还？你们要母慈子孝，要天地公平，那我呢？"

金光爆射，羲和道："我和我儿一日不聚，便一日不会令你们母子团聚。去死吧！"

19

烈阳高照，青空欲燃。

梅山上原本繁茂的草木显出枯败的模样，又被高温点燃，窜出绵延大火。

戬纵然力大，术法高明，却奈何不得羲和。他一边要护着云华，一边还要撑着术法自保，实难应对。

细幺闭了闭眼睛，挡到他们身前。

"蠢狗，你要做什么？"

它笑："让你欠我个人情。"

云华仙子劝说："细幺，你且先走吧，此事与你无关。"

细幺摇头："神将命我等看守仙子，现仙子出了虞渊，我等只怕也没好结果。不如卖个人情给戬，待他日后成仙成圣，也可报答梅山，顺带照顾我那梅山的兄弟们。"

戬笑："你做什么梦呢？再不走开，便要跟着我们一起烤成飞灰了。"

细幺回头，冲他一笑："戬，千万别忘了我呀。你，是我的朋友！"

话完，戬似想要说什么一般，可要开口阻拦已经无法。他只得眼睁睁看着细幺操起法相，飞上了半空。原本已经小山般大小的天狗法相，又涨大数倍，猛然一张巨口，咬向羲和。

王母"咦"了一声，连那彩云后也发出一声惊叹。

又见那细幺咬住羲和不放，羲和本得意地等着触碰她之物被焚毁，不料那犬妖的法相稳固。她有些惊恐道："天狗？"

细幺眯眼，牙缝里冷笑一声却不作答，它努力将法相扩得更大，便要吞了她。

羲和乃上古神，掌着太阳神位，独惧天规和天狗。

天规将之规范，天狗则可吞食太阳太阴。

她变了颜色，有些惨然。

细幺含糊道："我天狗一族，因能挟制太阳太阴，被天庭忌讳，动辄得咎。今日便让你们瞧瞧，什么才是真正的天狗。"

它的法身更大，几乎能将整个羲和容纳。可在羲和被吞噬的同时，细幺的身体也逐渐消失。

"无知犬妖——"戬见状不好，将云华仙子推开，驾起云便飞上去，要护卫细幺。

哪料得细幺勇猛，一个用力，直接将羲和吞下。它猛然冲着凌霄殿的方向而去，须臾千万里，最后悬落在一张有点惊慌的帝王脸前。它咧嘴一笑，猛然狂哮出声，竟惊得那人跌下宝座。

"细幺——"戬的呼声从后方缥缈传来。

细幺回头，缩回梅山之上，才见自己的法身在一点点消散。

它眨了眨眼："我，要死了。"

戬举起双手，想要接着它，奈何法身有形无质，捞了个空。

细幺爽朗一笑："我区区犬妖，用法身吞下羲和，又吓得那天帝落座，死亦足矣。戬，从今往后，你便欠我一个大大的人情。"

戬难解地看着它，眼中的悲痛渐深，他浑身热血翻涌，有毁天灭地之恨。他只一跺脚，大半片山崖便崩落下去。

天道不公。

云华见状，叫了一声："二郎！"

王母叹气，落了下来，朗声道："二郎，持心要正。"

戬回头，眼中隐约带了血色。

王母伸手勾了勾细幺还未彻底散开的法相："犬妖，合该你有一段缘分。"

云华仙子立刻跪下："谢娘娘！"

戬这才有所觉，诡异地看着王母。

王母拔下头上珠钗，将细幺残魂收入其中。她将之递给戬，道："罢了，天道不公，我便来留一线生机。二郎，拿着这个，去玉泉山金霞洞找你师父玉鼎真人，他便知该如何。"

戬眼神松动："我什么时候有师父——"

王母微微一笑，令珠钗飘至他面前，自己却缓缓升空，道："动作快些，或可救他三魂七魄。除非，你不愿。"

戬二话不说，抓起珠钗便要往外跑。

跑得三步，他看向云华仙子，仙子道："二郎长大了，有仁有义，有恩要报。我是母亲，岂能时时要你牵挂？且去吧，母亲在梅山等你们回来。"

他点点头，跪下，冲着王母娘娘的方向磕了三个响头。

须臾，他吹响鹰笛，一路直奔玉泉山。

20▷

玉泉山，金霞洞。

洞天福地，神光自生。

玉鼎真人盘在蒲团上，手中却握了个玉狗儿，形状颇为可爱。

他瞥一眼站在旁边的徒弟戬，见他一副很不放心自己手握玉狗的样子，便又将手往前递了递。

戬道："师尊，千万小心，此物虽硬，但易碎。"

玉鼎真人十分不开心："为师忙活了三年三月又三天，方才将那犬妖的三魂七魄炼入其中。你一个谢字没有，还敢嘱咐为师？"

戬只道不敢，眼睛却直盯着那物。

玉鼎真人故作不知，道："此去助你师叔姜子牙封神，千难万险，你可知？"

"徒儿知。"

"劫难凶险，或有一死，你可怕？"

"徒儿不怕。"

"替师应劫，你可有怨？"

"徒儿不怨。"

玉鼎真人无语了，他看了戬半晌，道："此物虽是犬妖，却敢对天咆哮。便叫它哮天吧。"

戬眉开眼笑："谢师父赐名。"

21▷

戬将那玉狗儿放在胸口，带着神鹰，拎着长剑，下了玉泉山。

行得半路，他摸着胸口："蠢狗，此去封神，你怕不怕？"

"怕。"胸前传来闷闷的一声。

戳放声一笑："你怕什么。"

"怕你果真封神，失了肉身，便成不了仙。"

"如此，你便陪我肉身成圣。"

长路迢迢，唯你相伴。

END ⊠

誓死相随。

昨日少年

YOUTH

文/////////// 小斯暖

他执一往无前的剑
坚守此界，斩棘披荆，用所有锋芒
护你一世周全///////////////////////////

昨日少年 YOUTH

文/ 小斯暖
自由自在的小暖仔。

···壹 ONE

多吓人啊，一觉醒来，昨日校霸学长成了你如今的丈夫。

昨天才给你寄挑战书的校霸少年，此时温柔地将你抱在怀里，昔日冷漠的眼眸里现在盛满了温柔的情意。

···贰 TWO

由于能力失控，你的记忆回到了高一那年。

面对已经结婚三年多的丈夫，你仅有的记忆却只有那个冷僻叛逆的校霸学长，你甚至不能想象自己怎么会同他结婚。

你陌生又警惕地看着眼前的男人，昔日的少年如今已长成高大健硕的青年，想到他曾经的"辉煌"事迹，你不禁防备地低下了头。

学长微微皱着眉，对这种情况也没办法应对。

你们的面前，放着两张结婚证，学长再次开口："我，我现在的工作是警察。没有骗你，我们……结婚很久了。"

整间屋子都是温馨的双人住所布置，你甚至可以看到你们甜蜜凑

在一起的合照，但脑海截至高一的记忆却让你对这些有些抵触，对眼前的男人，也满是心跳加快的恐惧。

牛奶热好了，学长娴熟地将早餐摆盘，送到你面前的桌子上，又将叉子递入你手中，握着牛奶杯道："先吃早饭，其他事情稍后再想。"

你乖乖吃着早饭。学长当年就是全校闻名的不良校霸，你听说过很多他的事情，而如今长大了的学长……应该更凶了吧？你不敢忤逆他。

你吃饭的时候，学长站在阳台的窗边，并没有避开你，拿着手机正在给一个似乎是科学家的男人打电话，简单几句对白就让你了解了当下的情况。

能力失控导致记忆回流的症状，多则一周短则一天就会恢复，目前只需要安静度过这段时间就好了。

· · · 叁 THREE

学长放下了手机，转头看向你，他讲电话的时候特意要你听清。他知道记忆停留在高一的你会畏惧他，所以学长不敢贸然靠近你——他怕吓到你。

看阳台上植物的生长，此时应该是初夏。

有温热又不燥的风穿过薄薄的帘子涌进来，学长短碎的栗色头发被风吹得有些乱，微微遮住了眼睛："再过不久，等你记起我……就不要紧了，不要怕。"

你抱着温热的牛奶坐在餐桌旁，唇边有一圈白色的奶渍，看着逆光的男人有些落寞的身影，忍不住心底泛酸，情不自禁地叫了他一声：
"学长。"

"嗯？"男人抬起头，朝你走几步又顿住，手指随意捏住旁边的洒水壶，微微摩挲，嗓音温柔，小心翼翼地问你，"怎么了？"

你捏住手中的玻璃杯，温热的触感微微烫手，眼前的男人同记忆里那个叛逆不羁的少年形象，一点点重合却又有些不同。

"没什么。"你扬唇朝他笑了笑，一如他记忆里高中时期那个乖顺又可爱的女孩。尘封已久的少年时代的记忆，在你这双湿润的眼眸中苏醒。

学长忽然偏了头，双手紧握着洒水壶，垂下头专注地给阳台上的一盆多肉浇水，不再看你。可白皙的耳后和被发梢微微遮住的脸颊，却红透了。

这种感觉，学长不知道怎么描述……如同少年时期最深的执迷，越过时光走来，在这个清晨，他早已静默的青春，因为此刻的你，又躁动得想要生长开花，早已沉稳的男人，仿佛又变回那个羞涩的少年，心绪惶惶。

"学长，你浇太多水了。"

你抱着牛奶杯子走过来，忍不住提醒，看着眼前这个一米八几的男人红透了的耳根，在阳光下，似乎可以看见浅浅的绒毛，可爱极了。

学长猛然回神，顿住手，才发现手下的一盆多肉已经被淹没了，几瓣绿色小叶子浸没在清水里，甚至"咕噜咕噜"冒了几个小水泡。

这下更加尴尬了，学长手忙脚乱地放下洒水壶，笨拙地给多肉放水，懊恼的心跳得愈发慌乱，明明已经二十多岁的大男人了，却慌张得浇水也浇不好，还担心你会不会觉得他不够稳重。

"那些都是我们一起养的，"学长抿着唇，突然坚毅地转头看你，指着阳台上生长得茂盛的一片多肉，一丝不苟地陈述，"我……每天给它们浇水，养得很好的。"

意思就是，眼前这盆被水漫了的多肉只是失误，平常的学长，其实是个很靠谱很细致的男人。

你眨眨眼睛，点头，看着眼前男人耳尖的颜色，忍不住轻笑，心底那些对校霸的恐惧散了许多："没想到学长养植物很拿手，好厉害！"

"咳，随便养养。"学长转过身，举着水壶，认认真真给每盆多肉浇水，每盆不多不少浇几滴，看起来非常专业的样子，而白 T 恤的背后却在初夏的晨风中，被汗意微微浸湿。

这是记忆停留在十六岁的你，第一次见到成熟后的学长。在陌生的夫妻身份下，抛开那些真真假假的校园故事，这个男人的模样，仍令你不可避免地心动。

· · · 肆 FOUR

你们原本约好周末去游乐场，但因为你记忆此时只有十六岁，最后学长带你去了 L 高中——你们的母校，有着你们共同记忆的校园。

这个男人已经毕业多年，而你现在看起来也不像高中生，所以门卫自然不可能放你们进去。

学长看着你，眼睛眨也不眨。

你也看向他，莫名读出了他纠结的心思，主动开口："我以前，无

意间看到过学长逃课……是从后面的银杏林翻墙出去的……要不然，
咳……要不然……"

学长笑了，日光浅浅落进他的眼眸，如同经年的梦境在湖面微澜
中缓缓苏醒，他握起了你的手，没有任何踌躇，在愈发飞扬的夏风中，
带你绕到了后面校墙。

"我带你飞。"清清朗朗的男声，似乎只要听到这个声音，你就会
变得很安心。

初夏的银杏还未变金黄，狂风涌起，叶片在风中拥抱发出碎响，
学长揽住你的腰，便点脚乘风，翻过了高高的墙，踏着婆娑的叶片，
轻巧落地。

风依旧环绕在你身边，眷恋地不肯散开，学长的眉宇间尽是快意
和不羁的少年气。这些年，这个少年仿佛从未变过，似乎有一种坚持
在他心底，他便永远是那个轻狂少年。

此时正是午休，向来是乖乖女的你第一次闯校翻墙，但一想到自
己未来的丈夫会是学长，你忍不住也生出几分叛逆的野性，扣住了学
长的手指，弯着眼睛笑："我弹琴给你听。"

空无一人的钢琴教室，你抚裙坐下，翻开琴盖，偏头看了一眼倚
靠在窗边的学长。

时光似乎从未在他身上留下痕迹，有风涌入窗户，学长栗色的短
发翻飞，薄薄的唇惬意地弯着。

曲谱在心中过了一遍，最后你点点指尖，情不自禁弹了最为人熟
知的一首《致爱丽丝》。

你弹得很慢，柔和的音节在指尖缓缓流淌，时光静慢，没有谁舍得惊扰这一时的风，它绕着你的指尖，如同你羞涩地察觉到学长的目光静静地落在你的脸庞上。

"弹得很好听。"在一曲结束后，学长嗓音清亮地夸奖，语气丝毫听不出敷衍，直白又真诚的夸赞，甚至带着几分自豪。

弹完了琴，学长带你去校外的面馆吃饭，就是你以为那家老板被学长勒索过的面馆。

他的故事……其实，与你道听途说的校园流传截然不同。

学长，或者说曾经的校霸学长，其实是一个真诚又温柔的少年。

他热忱又沉默，即便被同学老师甚至是自己喜欢的女孩误解，也不会过多地为自己辩解，依然潇洒地活成自己的姿态。

他本就不善言辞，他人的眼光对他来说并不重要，忠诚的风永远信任他，了解他的心思，它吹过那个少女时，也会轻盈地低诉，诉说一个叛逆少年腼腆羞涩的心事。

· · · 伍 FIVE

今天经历的事仿佛一场梦，你夜里竟然睡不着。

在客厅沙发上亦久久未眠的学长察觉到你失眠了，便敲了敲房门。

即便失去了记忆，这具身体也是如此熟悉这个男人的气息，在暧昧朦胧的夜里，你甚至忍不住红了脸。

"风告诉我，你似乎失眠了。"学长垂着头看你，眉头微蹙，"晚上不睡，白天会没有精神。而且，女孩子尽量不要熬夜。"

关切的话语被面前的男人说得理所应当，专注的目光落在你头顶。

你低头，借夜色掩饰染红的脸颊，喃喃说道："可是，睡不着……"

"我帮你。"学长脱口而出。

你有些愕然地抬起头，这种事，学长怎么帮？你忽然想起了学长曾经打遍高中无敌手的"辉煌历史"，脸白了白——不会是想要棍棒敲晕吧？

"我会数羊。我可以数很久。"

···陆 SIX

于是你乖乖躲进被窝，一盏小夜灯下，学长坐在床边，靠着床背，他垂眸看了你一眼，轻咳一声："闭上眼睛，我要开始了。"

微光下，男人俊俏的脸庞弧度美得不像话，你一瞬间看呆了。

一只大手抚上了你的眼睛，微微燥热的掌心将你的视线挡住，你的视野沉入黑暗，男人略带无奈道："乖，睡觉。"

你终于合上了眼睛，学长便开始慢慢从一只羊开始数。

白日里清朗特别的男声在夜里微微低吟着，如同海水平息，海浪轻轻拍岸拂过，海螺低低诉说着夜的绵长温柔，学长则静静靠在旁边，慢慢数着羊。

"一只羊，两只羊，三只羊，四只羊，五只羊，六只羊，七只羊，八只羊，九只羊，十只羊……只能有十只，我们都生活在一起……这样，就有二十只了。"

男人磁性的嗓音缓缓念着，熟稔的语气显露出他与你朝朝暮暮的熟悉亲密。虽然一时失去了记忆，但在他温柔熟悉的呼唤里，你依然感受到了甜蜜温馨。

"学长数漏了，刚刚还是十只羊，怎么就二十只了？"

你一下子睁开眼睛，炯炯地看着灯光下眉眼温顺的男人。

男人微微皱眉，还是少年气的脸庞，神情带出几分不羁："还没睡？这么有精神？"

你用亮晶晶的眼睛告诉他自己精神饱满。

叹了口气，学长指尖顺了顺你的头发，低笑一声："你大概是不够累。"

你猛然想到什么，将脑袋一下子钻进被子里，只露出柔软的一小撮头发留在学长手心。

学长捻了捻手中的头发，眸色微暗："乖，把头露出来睡。"

说完便剥下被子，将你的脸蛋露了出来，学长看着你羞怯的样子，喉结滚动，猛地闭了闭眼，抬手覆上你的眼睛，道："我继续数，听好了。"

"二十一只羊，二十二只羊，二十三只羊，二十四只羊……我看看……还没有睡着……我们继续……三十三只羊，三十四只羊……"

男人的掌心隔绝黑暗，那掌心的热度涌入心底，心尖似有电波流窜，蒙尘的记忆被悄然掀开，朝夕的场景清明地浮现在脑海。

···柒 SEVEN

推开了学长的手，你支起身子，眨眨眼睛，抬起下颌忽然堵住了学长的唇，柔软的唇瓣贴合，将他余下的话语通通封住。

学长微微错愕地看着你，你看着他澄澈的眼睛，狡黠地笑："我想起来了。"

瞬间接收到信息，你被身旁的男人猛地推倒在柔软的床上，你用力地回抱住他，拥抱他的腰。

床头的小夜灯幽幽发着柔和的光，夜绵绵地深。

昔日不羁的少年为他心爱的女孩所驯服，尖刺化作铠甲将她护在心底。

因为心底永远妥帖存放着一个你，所以无论时光荏苒，无论雨雪霜洗，他永远是那个赤诚的少年。

待你睡后，学长吻了你的眉心，将一封信塞入了你的枕下。那年少年未被翻阅的心事，再度悄悄潜入你的梦里……

· · · 捌 EIGHT

这个世界有你抚平了少年的桀骜，那份叛逆便化作心存信仰的勇气，他执一往无前的剑，坚守此界，斩棘披荆，用所有锋芒，护你一世周全。

END ⊠

哪一方先告白的？

 我……虽然她没有从信上看懂。

谁叫那实在是……令人意想不到的"告白"。

您有多喜欢对方？

 愿意为她付出生命，不是说说而已。

愿意永远陪在他身边，让他再也不会孤单。

文／LD、切西娅

WHAT IS THE TRUTH

WHAT IS THE TRUTH

Honey

HONEY BOY

吃货的灵魂千篇一律

我救了你主人，他亲口说要把你送给我呢。愿不愿意，小可爱

我愿意！

猫猫与

美少年

boy

好看的皮囊万里挑一 →

猫猫与美少年

———▷ **01.**

夜色越来越浓郁，雾气开始朝着屋子蔓延过来，这个夜晚似乎格外安静，我抱着尾巴昏昏欲睡，一声尖锐的哨声打碎了黑夜的伪装。

"一大波僵尸正在靠近，一大波僵尸正在靠近，所有植物屋顶集合。"

这是牵牛花的声音，他是植物中的胆小鬼，长在屋子里，只要主人的脑袋还在他就不会被吃。

"小声点牵牛花，你吵到主人睡觉了。"豌豆哥哥凶道。

"我声音一点都不大，谢谢。"那家伙得意地扭了扭腰。

所有的植物都踢踏着小叶子跑到房顶上去了，后院里只剩下我自己。

主人说我不适合长在屋顶上，我问过他为什么不在屋顶上挖个泳池，他给我详细讲解了屋子的结构，屋顶的高度，瓦片的质地以及需要消耗的费用，最后是卷心菜一针见血。

他说："墙薄。"

但我不这么认为，在我心里主人是世界上最最聪明的人，他能解

决一切难题，因为他有脑子！

"不，这个世上数他最蠢。"卷心菜出了名的嘴毒，"小镇那么多户人家，只有他的院子不装电网，只有他屋顶的烟囱粗得能过一只僵尸，只有他的屋子从来不关门！"

他说的好像有点道理，我听说在别人的院子里植物不用战斗，只需要开开花，结结果，而主人家的植物们却每天都需要端枪扛炮，奋斗在抵抗僵尸的第一线，小小的肩上扛着不该有的重担。

"没关系，主人有我们。"

……

▷02.

卷心菜在的时候总是和我吵架，现在他们都到屋顶打群架去了，后院变得格外安静。我左手边的冰西瓜走了，一下子暖和了许多。

更想睡觉了。

迷糊间我感觉有什么东西在捏我的尾巴，我睁开眼，一个戴棒球帽的哥哥正蹲在泳池边。

"你做什么？！"尾巴被人抓在手里，我脾气一下子就上来了。

"没什么，手感太好了，大老远就想过来摸摸了。"他松了手，又拍了拍我的头，"小猫？"

"我是猫蒲草，不认识不要乱叫。"呵，吵我睡觉的坏家伙，"你不是僵尸吗？来做什么的。"

"我是你主人的朋友，来拜访他。"

"他不见你的。"

"怎么，他晚上不见客吗？"

"见的，主人说晚上来的要是女孩子就放进去，男人就不见。"

听完这话他挑了挑眉毛，表情如此生动，应该真的不是僵尸，玉米哥哥说僵尸都长的黑绿黑绿的，不会做表情，他这么好看一定是个人。

"他知道他的小猫如此诚实吗？"他在泳池边坐了下来，手又不安分地往我尾巴上摸，"那我不去了，趁着现在安静咱们聊聊天，你为什么觉得我不是僵尸？"

"你好看。"我不假思索道，"僵尸都很丑，而且你会说话，僵尸不会说话。"

"会说话的就不是僵尸吗？可我还见过会撑竿跳的僵尸、会开车的僵尸，有的还会蹦极、会跳舞。"

"可你没有吃我呀。"

他愣了一下，随后笑了，用两只手捏我的脸："你还真是可爱。"

嘿嘿，团宠就是团宠，谁见了不说喜欢。

"你跟我走吧。"

"什么？"

"我家有比这大得多的泳池，你去了就都是你的地盘。"

"不去，我要陪着主人。"

"我家还有好多好多数不清的猫薄荷。"

"都说了我不是猫！"我生气了，大水池也哄不好的那种。我转身就是一尾巴抽过去，不过他躲开了。

屋顶渐渐安静下来，想来是战争结束了。牵牛花还在嚷嚷着指挥他们打扫战场，看来主人的脑子还在。

帽子哥哥想来也是听到了，他站起身有点遗憾地叹了口气，虽然我也不明白他为什么要遗憾，他笑道："既然这样那我就先走了，改天再来看你。"

他转身向外走去，迷雾一层一层吞噬了那个背影，直到他的脚步声也消失在了耳畔。

不知道怎么的，我竟然有点舍不得，那个帽子哥哥可真好看呀。

——▷*03.*

夜晚过去了，白天的战争又悄然开始了。

主人还是不肯给院子装电网，一波接一波的僵尸没完没了，大呼小叫着向里冲。

我身边的冰西瓜被会蹦极的僵尸抱走了，周围一下子暖和好多。

僵尸们一如既往的凶残，二路最前面的大蒜都被吃哭了，土豆哥哥的硬壳也抵抗不了僵尸的獠牙。

奇怪的是左右两路僵尸那么多，甚至最靠边的两条路都逼主人动用了除草机，泳池里却一片祥和，一只僵尸都没有。

不过主人还是给我套上了一个南瓜，我问为什么，他说因为我贵。

夜晚来临后屋顶又迎来了一波僵尸，植物们都走了，泳池里又只剩下我自己。

"嗨，小家伙。"

啊，是昨天的帽子哥哥。

"帽子哥哥好。"大老远我就摇起了尾巴跟他打招呼。

他笑眯眯地走过来，却在看到南瓜的时候愣了一下。

他瞪着南瓜，南瓜也凶巴巴地瞪着他。谁都不肯让步。

然后他把南瓜摘下来——吃了。

"你是僵尸！"我身上的小绒毛都炸了起来。

"我不是僵尸，没人告诉你人类也吃这些吗？"他擦了擦嘴角，笑眯眯地在泳池边坐下。

"是吗？可是他们会弄熟再吃。"

"那可能是我太饿了吧，我家里穷，上次想来找你主人借点钱，你没让我进去，我已经好久没吃饭了。"

"骗子，你上次明明说你家里有大泳池和数不清的猫薄荷。"

他沉默了

"你说话。"

"好吧，我是僵尸。"他点头承认，"我看到那个南瓜保护你就不顺眼。"

"我就知道你在说谎，你还想……你刚才说什么？"

"我说我是僵尸。"他挑眉笑道。

好可怕，怎么办！

"土豆哥哥救我！"我"哇"的一声哭了出来，可是并没什么用，他们都在屋顶打群架，没人听到我的声音。

"不要吃主人的脑子好不好？他很笨的，大脑没褶子。"我做着最后的挣扎，主人对不起，我不配做你的植物，连僵尸都分辨不出来。

"我对脑子不感兴趣，"他摇了摇头，"我想吃你。"

嘤，这个僵尸坏掉了，居然不吃脑子。

"那你轻一点好不好，少吃点儿的话我下次还能长出来的。"

我闭上眼等待命运的宣判。

"啊，疼，我的尾巴没了。"

"喂，小家伙，逗你玩呢，你尾巴还在。"

我睁开眼回头果然看见一条毛茸茸的大尾巴。

"哥，给个痛快。"

"今天算了，先攒着，我明天再来。"

屋顶的战争也结束了，这个坏僵尸的背影又消失在了层层迷雾中。

---▷04.

从这天起，我的噩梦就开始了。

那家伙每晚都过来，无论我怎么央求我的植物伙伴留下来陪我，他们都不信，以为是我疯掉了。于是我每晚都沉浸在即将被吃掉的恐惧中。

不过那个僵尸也疯了，明明主人家的门就在那里大敞着，可他就是不去吃脑子，他总是在泳池边一坐就是一个晚上，给我讲他生前那点破事。

"困了吗？都打哈欠了，不如你先睡，我给你守着院子。"僵尸先生认真地说道。

"不敢不敢。"天啊，这儿有只僵尸要帮我守院子。

不过相处时间久了，他好像也没有那么可怕了。毕竟想吃脑子的灵魂千篇一律，好看的皮囊万里挑一。看他多白，腿多长，手指多细，看着就舒心啊。

可惜好日子没过多久，那天巨大的阴影遮住了月光，夜风里夹杂着血的味道，僵王博士带领着他的一千头僵尸浩浩荡荡地赶来。

土豆站得笔直，他们都去屋顶列队了，准备迎接僵尸大军的进攻，牵牛花一改它扭扭捏捏的样子，吹响了迎战第一波僵尸的号角。

僵王博士驾驶着他的巨型机器人边投放僵尸边用扩音喊道："皇已经叛变阵营了，现在僵尸大军都听我的号令，击败植物，吃脑子！"

"吼。"

屋顶又乒乒乓乓地开战了，独留我一人在院子里。

今夜的雾似乎比往日浓郁一些，我看着院墙的方向，隐隐地有些不安。

有脚步声穿透了夜色传进了我的耳朵，伴随着呵呵的低吼声和刺鼻的腥味，第一只僵尸冲破了迷雾。

妈妈！这里有坏蛋！

"请求支援，请求支援，后院有僵尸进攻。"

然而没有植物理我，屋顶太吵了，他们听不见我的声音，他们还以为院子里很安全，只要守住了屋顶就能保住主人的性命。

那只僵尸向我扑过来，他身后还有数不清的僵尸正走出迷雾。不过已经不重要了，不出意外，这应该是我最后一次看到月亮。

再见了主人，我是不称职的猫蒲草。再见了卷心菜哥哥，虽然你平日里总是很毒舌，但是有你在，我真的很开心，再见了玉米前辈，其实上次看到你连续扔了四块黄油之后我就已经相信了你是欧洲进口品种，可惜嘴硬不承认，现在想承认也来不及了。

再见了，那个不知名的僵尸哥哥。

我闭上了眼睛，预料之中的疼痛并没有到来，反倒是某只咸猪手又捏起了我的尾巴。

睁开眼，那张熟悉的笑脸在我面前放大，是全宇宙最好看的僵尸哥哥，他在最后一刻一拳打碎了那只僵尸的脑袋。

"刚刚害怕了吗？"

"嗯。"

"我救了你一命，要不要以身相许啊。"

主人，这儿有人耍流氓。

好在他没故意为难我，他松开我，一个轻跃就上了屋顶，众僵尸被吓了一跳。

"谁？"僵王博士吼道。

"你们叛变的皇。"他轻呵一声，打了个响指，僵尸博士的机器人瞬间四分五裂变成了一堆废铜烂铁。众僵尸也沉默了，没人敢上前一步。

"哪儿来的滚回哪儿去，回头再收拾你们。"

得到命令，僵尸们立刻大呼小叫地跑远了。我在下面的院子里仰头看着他，忽然就觉得他的身影变得好高大。

"妈妈他好帅。"

"喜欢吗？"说这话的时候他已经跳到了我面前。

"喜欢。"

"那我之前说的以身相许考虑得怎么样？"

"啊？"

"你要是不愿意也没办法了，我救了你主人，他亲口说要把你送给我呢。"他的手不老实地在我头顶上揉了揉，一如初次相见的那个晚上。

"愿不愿意，小可爱？"

"我愿意！"

END ⊠

青蛇传

GREEN SNAKE

文////////// 七流

我花了百余年时间修炼成人//////////
想要的不过是和你
一直在一块儿////////////////////

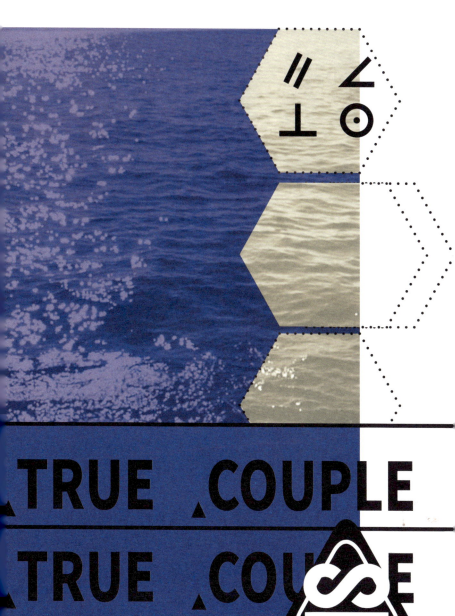

文/ 七流

底层码字民工，
激情在线赶稿。

···壹 ONE

这山不知道叫什么名字，但蓊蓊郁郁，溪水横流，是修炼的好地方。

但小青蛇懵懵懂懂修炼了两百年，还是第一次在这山上遇到人。

说是小青蛇也不大对，因为它一点也不小了，所过之处土壤都被压得严严实实，水桶般的尾巴一甩，一般的乔木便从中间折了。

它已经朦朦胧胧有点灵智了，但是还称不上是妖精。

青蛇吐了吐蛇信子，它刚从冬眠里醒来，有点饿。按理说，面前这个人很适合一口吞下，但是它却感受到了一丝危险的气息。

面前的人身材纤细，面容带着点飘飘然的仙气，是个女子。

这个女子说话时，连声音也如大珠小珠落玉盘一般："想不到青蛇一脉数百年不见有妖化形，这荒山野岭竟然有颗'沧海遗珠'。"

太复杂了……青蛇现在的智商完全理解不了她话里的含义。

女子哂笑："相逢便是缘，那我赠你一段姻缘又何妨。"

说完，她的手指一弹，一颗圆珠似的东西掉进了青蛇口里。

青蛇不知道那是什么，但是野兽的直觉告诉它是个好东西。

一股热气突然从身体里腾起，青蛇发出几声"嘶嘶"的叫声，疼得在地上打滚。

滚着滚着，它庞大的身躯突然小了起来，蛇尾分化成了两条细腿，不存在的胳膊也伸了出来，覆盖着一层又细又密的鳞片。

刚才还晴朗的天空突然雷声阵阵。

白衣女人皱眉道："挺过去就能成妖，你且受着。"

后来，青蛇睁大着眼睛托腮问她："你直接把妖丹给我喂下去了，要是我没挺过去呢？"

那人顿了一下，意味深长地说："烤蛇肉味道非比寻常，外皮酥脆，肉质鲜嫩，妾十分怀念……"

当然，现在的青蛇还在承受这天打五雷轰的劫难，根本没有心情去思考其他的。

太疼了。半蛇半人的妖怪在雷劫下翻滚，心想和这个相比，十年一次的蜕皮简直跟玩儿一样。

青蛇被雷劈得眼泪鼻涕往外冒，大概连老天爷都不忍心了，于是雷声渐散。地上多了个烧焦的大洞，正中央躺了一个光洁如玉的少女。

少女抬起头，看着面前依旧干干净净的白衣女人。

"既然你也成了妖，那我们就算同类了。妾名白。你可有名？"

少女对白的话似懂非懂，显然是个智商没跟上的蛇，她摇摇头。

白说："那你就叫青吧。起来，跟我走。"

青就这样浑身赤裸着站了起来。

幸好这荒山野岭也没人，不然实在有伤风化。

白忍了忍笑意，带着青往山上走去。

· · · 贰 TWO

青又长了五百年，智商才达到了一个普通人的水准。

这五百年里她知道了不少事，比如白本体是条比她还粗壮的白蛇，壮如水缸，真不知道她哪儿来的勇气一直嘲笑青是水桶腰的。

再比如白从青城山来到姑苏城山边，是为了等千年前的恩公转世去报恩。青对此嗤之以鼻，这都五百年了，白有心要找早就找到了，哪能一直待在山上装冬眠呢。

根据妖怪报恩法的一般原则，报完了恩妖精便能得道飞升，青私心并不想白报恩，毕竟一个人修行实在无趣，虽然白和她不在一个洞穴，好几年才能见一次面，但是有个念想总归是不错的。

这日，青刚修行完出来，只见白穿戴整齐站在她门外，撑着一把伞。雨已经打湿了她的鞋袜，不知道站了多久。

青眉头一皱："你怎么不叫我？"

白轻轻一笑："这不是怕打扰你老人家修行，免得您起床气太大把我一口吞了。"

这件事还真发生过。

那时候青刚化形没多久，还不适应人类的身体，变回蛇冬眠。来年春天白找她春游，被起床气很大的青一口包进了嘴里。虽然青很快就觉得不对把人吐出来了，这件事还是成了白的饭后谈资，足足谈了五百年。

青撇着嘴，说："进来。"

白走了进去，青搬来几年前打劫而来的猴儿酒，给两人倒上。

"姐姐找我可是有事？"

白抿了口酒："可不是。"

青翘首以待了半天，却迟迟没等来下文。

"什么事你倒是说啊？"她急了。

白看着她这样，有点愁："青啊，你说你火气这么大，是不会有公蛇看上你的。"

青心说，我本来是公蛇，你给了我母妖妖丹，再加上我化形的时候没见过人没有参照物，才会是现在这副样子。

是的，青是条公蛇，自从四百年前意识到这个问题后一直在找变回男儿身的办法，但是很可惜……她现在还是个一米六不到的女儿身。

青还等着变回男儿身后吓白一跳，于是气鼓鼓地憋着不说话。

见青被气到了，白这才说："妾前几天在姑苏城遇到妾的恩公了。"

这炎热的三伏天里，青听到这话，突然像被泼了桶冰水，凉了。面上却依旧强颜欢笑："这可是好事。怎么，你要去报恩？"

白郑重地点点头："这一世他好不容易又变成了人，错过了可不知是什么时候了。"

青神色刻薄地说道："这人千年前给了你什么好处，让你记到现在还念念不忘。"

好在青一向刻薄，白也不大介怀，继续说着："千年前，妾还是一条小蛇，他是跌落山下的樵夫，恰好山底有颗千年灵果，他喂予我吃，妾才开了灵智。"

青想，也许那樵夫只是怕果子有毒，拿你试试毒。

"但那灵果本应是一白鹤的机缘，被他给搅了局。白鹤家里有点人脉，就给告上了天庭。"

青又想，这还是场大官司。

"于是恩公就落入了畜生道受了九九轮回，如今是他终又变成人。"

青面无表情地心想，九十九世实在是有点少，起码得九百九十九世。

白说："既然妾又遇到了他，如今便是来和你告个别。凡人寿命本就短，等你下次醒来，妾大概也就回来了。"

理论上是如此，但是人妖殊途，报恩不易，就青化形的这五百年里，没少见即将得道成仙的大妖栽在报恩这事上。轻则修为受损，重则丹毁妖亡。

譬如青丘的狐妖，恩公上辈子是个大善人，这辈子却是十足的恶棍，为了长生不老，生生把她的妖丹挖了出来；又比如兔族的兔妖，爱上了那个凡人，生生世世跟随，结果那凡人除了第一世，剩下的生生世世都爱着别人……

青眉头一皱，硬邦邦地说："我同你一起去。"说完，又补充道，"我不是担心你的安全，只是最近百年，修为没有寸进。想下去散散心。"

白扑哧一笑，就喜欢这嘴上说着不要身体却很诚实的样子。

青：……我就不该多嘴。

···叁 THREE

青终于还是跟随白下山了。

两蛇凡心大动，整日在姑苏城里吃喝玩乐，顺便等着白的恩公这只大兔子撞上树桩子。

青还记得，那是在西湖，一个下雨的日子。水光潋滟晴方好，山色空蒙雨亦奇，西湖的雨景一直不错。

青正拿着桃花糕往嘴里塞，白嘲笑她是饿死鬼投胎。

这时船上突然多了一个人。

青眉头一皱，质问艄公："这船不是被我们包了吗，你怎么还让外人上来？"

艄公赔笑："西湖突然下雨，这位公子曾经救过贱内，我不忍心让恩公受风寒。恩公只是在船舱外边躲雨，绝不会惊扰娘子的。"

青一听恩公两个字就烦，正准备撸袖子找人理论，上船的人说话了。

"在下姓许，只是借此地避雨，还望娘子体谅。"

声音听上去温文尔雅，像个书生。

这时，一直没说话的白突然说了："既然如此，公子不如进船舱避雨。妾准备了热茶，也正好给公子驱寒。"

青的满腹牢骚突然哑火了。

她看向白，用眼神问道：这破落户就是你恩公？

白微不可见地点点头。

男人掀开帘子进来了。

其实破落户长得一点都不破落，身材修长，容貌昳丽，布衣白袍也难掩其气质。

有匪君子，翩然而立，皎如玉树临风前。

青心想，我要是变成男身肯定比这个人帅。

妖族大多美貌，女妖里以花妖、狐妖为最，男妖里确是蛇妖一族一枝独秀，连神仙都难夺其锋芒。

但是现在想这些没用。

青看到了，白这个一千年没见过男人的女妖，眼睛看直了。

瞬间，青的身体凉得比听到白说要下山去报恩的时候还要厉害。

···肆 FOUR

南有乔木，汉有游女。翘翘错薪，之子于归。

白说："青啊，我想给他生小蛇。"

"你要嫁他？人妖殊途，你疯了！他知道你不是人还会接受你吗？"

房间里一时沉默。

隔了一会儿，白低低的声音传来："总归是报恩。做他枕边人，也还得快些。"

青："你给他钱，让他富贵，或者送他去科举不也是报恩吗？"

白说："报恩哪是你想的这般简单。"

青暴跳如雷，一脚踢断了桌子："我不准你去！"

"情不知所起，一往而深。"

"你胡说"三个字差点脱口而出，青仅有的一点理智拦住了她。

青抬起头，定定地看着她："姐姐……若我和他你只能选一个呢？"

白沉默了，良久不语。

"行，好。"青深呼吸了一下，"你嫁给他便是了，反正凡人寿命不过数十载。"

白小声说："那我歇下了。"说完，白离开了青的院子。

在她离去后不久，青脚底下的青石地板化成了细碎的粉末。

窗外还在下雨。青心里十分难受。她想大喊，于是她真的这么做了。

一条大蛇出现在了百里外的山林间。淋湿了的雀鸟顾不得羽毛沉重，纷纷怪叫着飞了起来。而青的喊叫和雨声混在了一起。

雨还在下着，山林震怒了。山下零星的几户人家从梦中惊醒，祈祷着山神保佑。

她比五百年前更大了。青有些恨白了，甚至有些恨这天地。

她想着："你常说人间有情，难道妖就无情？有没有想过我们五百年相处都是情？你有没有当我是人一样想过我？"

盘古开天地，万象森罗新。人世妖域有何分别？一样的爱恨情仇，一样的生老病死。

青想起了很多刚化形时的事，手脚不灵活，白帮她梳头，给她穿衣，连脚都会帮她洗，白把她当成了自己的亲妹妹。

白喜欢喝酒，于是她就偷偷下山学了酿酒。青倒不是真的喜欢喝酒，只因为白喜欢，也练就了千杯不醉的酒量，青喜欢看白喝醉后的样子。

白趴在桌子上，月光就洒在她脸上，春天的时候还会有桃花瓣往她的肩上落，酒不醉人人自醉。

她想，这回就先让她报恩。而她，就好好修炼。等白回来，自己要把她圈在身边，尾巴都要打几个结，她去哪儿自己就去哪儿。

然后，她们之间，再无生离，只有死别。

···伍 FIVE

青留了封书信，说自己先回山上了。

白没多想，欢天喜地去找那男子成了亲，藏在暗处的青差点把牙都咬碎了。

虽说是回山了，但是青太清楚白，说好听点是单纯，其实就是蠢……

总之，青并没有真的回山，而是躲在一边暗中观察。越看，青就越想把她拉出来打一顿。

这人也忒不小心了，鳞片就掉在床上也没看见，大半夜眼睛还偶尔发个光，为了救人甚至还吐蛇胆汁……

一天夜里，青终于忍不住溜进了屋里。

白看到青甚是欣喜，难得和颜悦色没有怼她："你怎么来了？"

青冷冰冰回答："来看你死了没有。"

白真诚地说："想妻就直言，不用拐弯抹角地找骂。"

SNAKE

白这么一打岔，青差点都忘了正事。

"那人已经开始怀疑你的身份了，我看见他去了寺里，找那儿的和尚要了法器，你自己小心点。"

白说："我和他情比金坚，纵然他知道我的真身又如何？"

青心说，那男人一看就不像个好东西，你能不能别这么蠢。

好吧，她承认自己有偏见。越想越烦，青"哼"了一声，拂袖而去。

白也习惯了青这臭脾气，笑着摇摇头，回屋里去了。

但是说话不能太绝对。白自负自己修行多年，哪怕真身暴露，一个毫无法力的凡人，拿着法器也不能奈自己何，只是没想到他居然会拿雄黄酒给她。

她刚产下儿子，正是虚弱的时候，喝了这雄黄酒，差点连人形都维持不住。而那法器就在这时从天而降，一条细小的白蛇就这样被扣在了盆钵里。

男子惊得脸色苍白："大师说的没错，你果然是个妖精！"

他拿着法器的手微微颤抖，而被困在法器里的白也并不好受。

她撑起法力，朝许道："官人，妾虽是蛇妖，但只为报恩而来，并无伤人之心……"

那人冷哼一声："我看你是为了吸我阳气而来。"

白想破脑袋也想不出，为什么昨日还如胶似漆恩爱的夫妻，今日就能因为她不是人而翻脸无情。白的一颗心，突然就冷了。

也许是这法器太冷，她以蛇形被困在里面，居然觉得自己快僵了。

她突然无比怀念起下山前的日子。和青在山上，也许不似这万丈红尘有趣，但是却是快乐的。就连青张牙舞爪的样子也是可爱的。

而青也万万没想到，只是几日没去，竟然收到了她的求救信号。

青来到寺里的时候，这里已经是一片汪洋。这是白引的东海水，而她自己也控制不了。白就在这汪洋的正中央，像一片浮萍上上下下，怀里还抱着个娃娃。怕这婴孩淹着，白举着他，而那号称以慈悲为怀的出家人正冷眼看着这一幕，催动法器的咒文就没停过。

青急了，想冲进去，却被一道结界拦在那山门外。

"我姐姐从来没干过伤天害理的事情，你为何要镇压她！"

和尚大喝："你来得正好，你们这对蛇妖，整日为非作歹！她引水漫山，今日不知多少凡人遭此无妄之灾，要不是我引来河堤，整个姑苏城都要遭殃，你还敢说她无辜。"

青骂骂咧咧道："要不是你横插一脚，她报完恩就回山，还有这水漫金山吗？"

和尚自诩人间正道，对青的言论嗤之以鼻："一个妖精，她一日没犯杀孽，就是无辜吗？"

青深感和这脑子有问题的和尚说话会拉低得之不易的智商，于是不肯再说话，用力给结界凿了个洞，钻了进去，来到白身边。

青说："蠢东西，我来救你出去了。"

白说："妾还不能出去，你先带着孩子出去。"

青心说，这孩子我才见过两三次，根本比不上你一根头发丝重要，我顶着那么大压力把结界打了个洞不是为了救他的，我就是来救你的。

见青不为所动，白有些恼了："你倒是快点啊，我撑不住了。"

青的脸紧紧绷着："我是来救你的。"

"不行，我站的地方是阵眼，我不能动，我一动我们都会被关进去。"说完白用眼神示意了头顶上悬着的塔。

白看着青那不为所动的样子，连语气都前所未有的严厉了起来："青！难道你还要我跪下求你不成？"

青被这一声喊得泪都要出来了："我早就跟你说别报什么恩了，报恩的妖非死即残，没一个好下场！你若听我的哪还要你跪下求我！"

白口不择言地怒道："你以为我不知道你打的什么主意吗？我就算不下山报恩，也不会和你一直待在山里！"

青本以为自己藏得很好，此时就像被扒光了皮站在这青天白日之下，她控制不住地颤抖了起来。

明明是艳阳天，怎么突然就这么冷呢？冷得她都哆嗦了起来。

她的心隐隐地疼了起来。她想，既然如此，还不如就让她懵懵懂懂地当一条蛇呢。当蛇多好，只要每天填饱肚子就什么事都没了。人间的大悲大喜，太深刻了，她有点遭不住。

"青，青……"白还在唤她，可是她们中间如同隔了一层膜，青连她的声音都要听不清了。"算我求你……你先把孩子带出去……青……"

她还能怎么说？她说："好，我先带他出去，但是你要给我等着。不然我就杀了这孩子和他爹，反正你被关着也拦不住……你等我！"

她头也不回地抱着孩子飞驰，想的却是这次只是报她度自己成妖之恩，以后说什么也不能让她胡来了。

可是她还是回来晚了。白没有等到她。

· · · 柒 SEVEN

"方丈，那蛇妖又来冲塔了。"

和尚紧闭着眼睛诵经："随她去。"

反正那青蛇受了重伤，她全盛时都未必能破开塔。

小和尚有些不解："方丈为何不将那青蛇一同镇压？"

和尚道："那青蛇是吸收日月精华没犯过杀孽的正道妖，天道不允许我这么做。"

"那就由着她？"

"多失败几次，她自己也就放弃了。妖的寿命无穷无尽，寿命越长，执念就会越浅。蛇类更是天性凉薄，想来不过三五日光景，这蛇妖也就放弃了。"

然而和尚这次却说错了。青几乎每天都来，伤轻的时候就勤快点，重的时候就慢点。她青玉一样的身躯被割得伤痕累累，她知道白在塔里，可是她连塔都没办法打开，好几次她甚至差点被雷劈死。

她又一次失败了，躺在塔底下看着阳光明媚的天，然后毫无征兆地哭了起来。青想起凡间安慰人总说会苦尽甘来的，可她甚至不知道甘会不会来。

可是她能怎么办？白还在里面，如果连她都不去救她，还有谁去救。

一个小小的人影撑着伞怯怯地走来，对她说："青姑姑……"伞遮挡住了头顶的一片阳光。

孩子已经七岁了，白也被关进去七年了。

孩子说："青姑姑，我已经开始进学了，等我成为举人老爷，回来当官，我就让人把这塔拆了。"

青翻了个白眼，心想，你那爹考了二十年都还是个秀才，等你中举我都成仙了。

青觉得一个小孩子并不用背负这血海深仇，上一代人的恩怨犯不着一个小孩来承受，但是她懒得解释，只是不耐烦地说："等你先中了秀才再说吧。"

妖精寿命虽长，修行却慢。

一直到那孩子中了举，又稀里糊涂地成了进士，又稀里糊涂地当上了姑苏城的地方官，青还是当年那道行。可是她却老了。

按理说，她还是个年轻的妖精，可是眉宇之间尽是疲态，那令人爱不释手的青丝也成了斑驳发干的白发，背影简直像个小老太太。

青心知这是因为急着救白的缘故，民间甚至有了关于她们的传说。什么白蛇被镇塔下，青仆忠心相守云云。

而今天就是拆塔的日子。

青就像个最普通不过的凡人，好奇地张望，像是不知道青天大老爷为何要拆了这塔一般。她混在人群中，泪水像断了线的珠子一样往下掉。她等这一天不过等了四十年，在她几百年的寿命里不过一瞬，可是她却觉得像沧海桑田海枯石烂一般漫长。

塔轰然倒下。而这时，青却已经转过身走到了山下。

山脚的茶馆里，戏班子正唱着戏。青点了壶茶水，听着那唱词往脑门里钻。

"我为他礼春容、叫得凶，我为他展幽期、耽怕恐，我为他点神香、开墓封……"到头来，一厢情愿，有始无终。

她甚至不敢见白。她老成这样了，一点都不想让白看到。

青还在顾影自怜，一个中年男子却落座在她面前。

"青姑姑让小子好找。"白的孩子明明已经五十来岁，膝下孙子都有了，和青说话却依旧没个正形。

"你找我作甚。"青皱着眉问道。

他揖了个身："还要再麻烦姑姑一次。"

他将自己双手摊开，一条小白蛇正盘在手心，嘶嘶地吐着蛇信子。

青整个人都不好了，她看着不过筷子这么粗的小白蛇，不敢置信地问道："这是白？"

他正色道："那老和尚逃走了，在塔冢里只找到了这条白蛇。小子也不敢断定这是不是家母。还得劳烦姑姑了。"

青心中一时悲喜交加，想得最多的居然是：好你个白，你也有今天。

· · · 捌 EIGHT

青带着白回了紫竹林。

不知道是不是已经得道成妖过了一回，小白蛇身体虽弱，却不似一般野兽一般无知。灵动得不像一条蛇。修为更是一日千里，当年青不过两百余岁，开了几分灵智，便令白另眼相待。而小白蛇不过百余岁，就经历天劫化形了。

大概是上苍都怜她一路坎坷，那天雷温柔得如同小孩过家家一样，只是做了个样子就散了。一个五六岁小孩模样的白出现在了原地。

青低着头看着她，就像当年白看她一样。

小姑娘吧唧吧唧嘴，憋出了两个字："青……青青。"

"我在，我在呢。"青上前抱住了这白玉似的小娃娃。

白虽然修炼成了人形，每二十年一次的蜕皮却还在继续。她本来就是个幼年蛇妖，每次蜕完皮，化成人形时的模样就又会长大几岁。

她似乎完全丢了从前的记忆，黏人得紧，一天看不到青就开始哭。她甚至连自己的恩公和孩子都不记得了。

有一次青下山去看孩子的转世，几乎被这个醋坛子闹了一整天。

"你去看他干吗？他是不是你当年相好？你什么时候下山，为什么不带我？什么时候回来？"

青：……

"青青，痛。"又到了快蜕皮的日子，白缠着青躺在地上，委屈地哼哼唧唧。两条大蛇，一青一白，互相缠绕着，蛇的躯体垒得像小山一样高。若是让凡人看到，恐怕连魂都要被吓飞。

青只是蹭了蹭白的脑袋："这应该是最后一次蜕皮了，忍忍就好了。"

白："这次蜕完皮我就成年了？"

青"嗯"了一声。

于是白就开始蜕皮。

这次蜕皮蜕得特别漫长，足足有三个月之久。但对于青来说，她只是一睁开眼，就看到了当年的白。

白衣，眉心一点红痣。娴静处若皎花照水，行动时似弱柳扶风。

"白……"青痴痴地说着。

白说："青青，现在我成年了，我们可以盟誓了。"

青的脸突然红了。她小声问："盟誓？"

白说是呀是呀，她等这一天等了好久好久。

青有点犹豫："若定誓，等你以后想起前尘来了，也没办法反悔了。"

"不会。"白想了想，说，"从我看到你第一眼起，我就想和青青待在一起。"

一直到很久很久以后，白才悄悄说："其实我早就想起来了，我花了百余年时间修炼成人，想要的不过是和你一直在一块儿。

孩子的第三十代转世是个穷秀才。

有一天他做了一个梦，梦里什么都有。逼真得像多活了一辈子。

醒来以后，那梦也久久没有消散。

于是，他忍不住提笔，郑重地写下了三个字——《青蛇传》。

END ✉

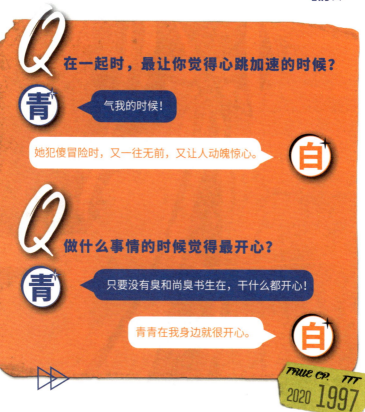

Q 在一起时，最让你觉得心跳加速的时候？

青 气我的时候！

她犯傻冒险时，又一往无前，又让人动魄惊心。 白

Q 做什么事情的时候觉得最开心？

青 只要没有臭和尚臭书生在，干什么都开心！

青青在我身边就很开心。 白

TRUE CP. TTT
2020 1997

SU

杏仁一勺
文

他　　　在那里看了千年

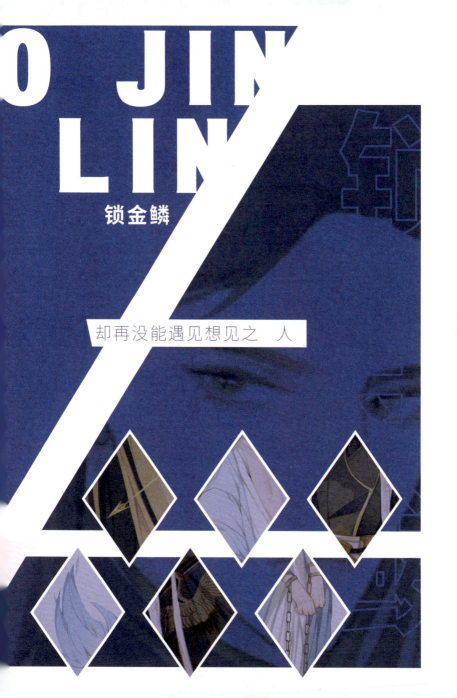

锁 金鳞

文/杏仁一勺

一个温柔的小甜饼制作学徒。微博@杏仁一勺

1.0

　　我出生那天，东海下了一场暴雨，天与海之间被密集的雨幕填得密不透风，谁也说不清那雨到底是由上而下，还是由下而上。

　　父亲说起那天时，脸上总会露出自豪的神色，天海相接，那是我族将兴的天兆。

　　"这是广，我的孩子，我族未来的王。"他用巨大的爪托起尚且年幼的我，盘旋在半空中，锋利的角高高昂起，似乎要将青灰色的天幕彻底撕开，周围的同族们皆微微颔首，然后齐齐仰头，发出震天动地的咆哮，吓得海中的游鱼四散而去。

　　"他们为什么这么高兴？"我问父亲。

　　"因为希望。"

　　"什么希望？"

　　"摆脱宿命的希望。"

2.0

　　其实在很长一段时间里，我都没有理解父亲所说的"宿命"的意思。

　　那时天地已开，无数妖兽穿行其间，我族为太古大妖，身份尊贵，已然是世间海域的无冕君王。

　　我整日在四海间游荡，摸鱼捉虾，久而久之，也不免感觉枯燥。可父亲却从不准我踏上陆地。

　　"这世间难道还有能伤到我的物件？"我不满。

　　"怎么没有？有剑可斩你角，有网可缚你身，有天地熔炉，可将你炼成一粒小小药丸。"

　　我只当父亲是在诓我，满不在乎地回答："倘若剑来，我就折了它，网来，我就撕了它，至于那天地熔炉，我砸碎便是。"

　　父亲摇摇头："这片天地，可没你想的那么简单。"

　　他抬头望天："你可知道那上面有什么？"

　　"有鸟？有云？有星辰？"

　　"有人端坐于仙台垂钓。"

　　我想追问下去，父亲却不肯细说，只说待我长大，便自然会懂。

3.0

　　我终究不是个安生的，终于，在父亲外出的一天，我找机会偷偷溜了出去。这陆地上的风景自然是与海中不同，没有珊瑚摇曳，却有古树参天，所有的草木生灵，都带着一股鲜活气。

　　我在地上待了小半个月，遇到不少妖魔鬼怪，它们一个个流着口水想吃我的肉，然后都被我揍得鼻青脸肿扔到山沟沟里。

　　我以云为足，以风为翼，不出几日，这世间的大好河山，倒也被我看了小半。

那天我来到一座巍峨挺拔的山下，刚想腾云而上，却看到一个身着青衣的道人正在石台上盘膝而坐，身前烤着一只兔子。

那兔子颇肥，被火烤得油汪汪，香气能传出十里。

我这些日子尽吃的生食，口淡得紧，不禁吞了吞口水，向那道人喊道："喂，老道，这兔子你还吃不吃，再不吃就要焦了。"

见那道人眼睛都没睁，我便鬼鬼祟祟地把兔子拿起，撕下兔腿狼吞虎咽了起来。

没想到刚吃一半，那道人却睁开了眼。

"你这条小东西倒是有点意思，我还在想那算不到的天机到底在何处，没想到自己撞上门来了。"

"不就是一只兔子，等会儿还你十只。"我口齿不清地刚想辩白几句，没想到眼前一黑，便什么也不知道了。

我醒来时正置身于一片平原，刚想起身，就被一头飞驰而来的牛怪撞了个跟跄。

"你没长眼睛啊？"我拎起那头牛怪，没好气地吼道。

"跑……跑啊！"牛怪一个翻身挣脱出我的束缚，头也没回地跑了，蹄子撩起的泥沙把我的眼睛刮得生疼。

身后突然传来一阵马蹄声，我回过头，连眼睛都没来得及揉，又被金光晃了个七荤八素。

一匹神骏的白马上坐着一个身着金甲的少年，他拿着一柄长剑，皱眉扬声问我："喂，那条小蛇，你怎么不跑？"

"蛇？我看你倒像条蛇，你看到本大爷怎么不跑？"

在东海，除了螃蟹，最横行霸道的就得属我，我活了这么多年，还没见过敢在太岁头上动土的。

"这是天宫猎场，你说谁该跑？"他不气反笑，眼睛宛若燃烧的烈阳。

"猎场？"

"哦？竟连身为猎物的自觉都没有吗？"

"小心！"

一头黑豹突然从少年背后的树丛里一跃而出，我来不及思考，一下子扑倒在了他的身上，而那黑豹一击没有得手，又迅速消失在了林中。

我刚缓过神来，却发现自己与眼前人离得极近，他的睫毛堪堪触及我的面颊，嘴里呼出的热气让我鼻子有些发痒。

这小子，近看下来，倒是比我海的鲛人还要俊俏些。

"趴够了吗？"他冷冷开口。

"不好意思。"我摸了摸自己的鼻头，讪讪地从他身上爬起，破天荒地感到有些羞赧。

"你走吧，我不杀你。"他从地上爬起，却连头也没回，"再不走，等其他仙官来了，可就来不及了。"

我刚想开口，身后就传来了一阵马蹄声，是两个身着紫袍的仙官，他们坐在马背上居高临下地看着我，然后远远地对金甲少年喊道："昊，这小兽你若是不要，便让给我们吧。"

原来他叫昊。

那两个紫袍仙官中的一个嬉笑着从背上拿下一副散发着辉光的弓箭，对着我张弓搭箭，银白色的箭矢携卷着狂风向我奔来，仿佛要把阻挡的一切全部扯碎。

　　我第一次感觉自己曾引以为豪的鳞甲是如此无力，那根箭瞬息间就已经逼近，可在我还没反应过来时，一只手就牢牢抓住了那支箭矢。

　　那个身着金甲的身影站到了我的身前，一字一顿地说："这是我的猎物，谁也不准伤他。"

　　后来我才知道天庭每五百年会举办一次围猎，以妖兽之血洗练兵器，第一任天帝尚武，在血火中开辟了如今的天庭，而后战火越发稀少，天庭武力衰颓，但这项传统倒是传了下来。

　　"你受伤了？"我看到昊的右手微微下垂，隐约有金色的血痕。

　　他扫了我一眼："等会儿到了天帝面前，想回家就不要乱说话。"

　　时任天帝双眼狭长，眉宇间有一股淡淡的阴沉，看人时总是似笑非笑，总归给人一种不太好相处的感觉。

　　昊走到天帝面前，微微颔首。

　　"这小兽救了我一命，还望天帝网开一面，放他一条生路。"

　　"这倒是稀奇，这天底下，还有能伤到你昊上神的吗？"天帝眯起双眼，"龙族乃天生妖物，为祸人间，只有杀错，没有放过的道理。"

　　我这暴脾气一下子就上来了，指着那劳什子天帝的鼻子就破口大骂："我看你才是天生妖物，你全家都是天生妖物。"

　　"大胆！""放肆！"大殿两边的仙官见状，纷纷怒斥。

　　天帝冷哼了一声，一股沛然巨力瞬间将我牢牢压在地上，压得我连腰都直不起来。

　　"昊神将，还不动手？"

"怎么，几百年没见过刀兵，连执剑的手都不稳了？"

"一条小蛇，就把我们的昊神将吓成这个样子了？"

一道银光闪过，昊的剑终于出鞘，他用剑指着我，冷冷地说："妖物就是妖物，上不了台面。"

我昂头怒视着他，双眼却被不知何时流下的泪水糊住，只能看见隐隐的金光。

本大爷今日是要死在这里了，我闭上了眼睛，等待着头颅落地的那一刻。

一阵寒芒闪过，我却意外感到身上一轻，接着又被踹了一脚，滚出去了好一段距离。

"你这妖物倒是有几分本事，我料你能跑出大殿，也跑不出大殿右侧南离宫旁的天门。"

我睁开双眼，只见昊还在拿着剑指着我，他的双唇微微开合。

"还不快跑？"

后来的事情我总想不起详细的情况，只记得那天的确是兵荒马乱，我在前面跑，一群仙人在后面追，每当快被追上时，总会有一道金光突兀地把我撞飞出去。

我忙不迭跑回东海，没敢把在天上的经历告诉别人，只说是出门玩了一圈，过了小半个月，心里才平静下来。

这天我正在海面晒太阳，一阵金光却从天上坠落。

"流星，快许愿！"旁边的乌龟精双手合十。

"这大白天的，哪儿来的流星？"我想往它头上敲一下，这厮却反应颇快，只让我敲到龟壳，疼得我龇牙咧嘴。

"快和本大爷去看看。"我捂着手说。

那金光把地上炸出了个深不见底的大坑，黑黢黢的一片，我眼珠子一转，踢了踢旁边的乌龟精。

"喂，你下去看看。"

"哎哟，我哪儿敢啊。"乌龟精愁眉苦脸，死活不愿。

"你这身龟壳这么硬，有什么好怕的，你要是下去，明天我就帮你给河蚌姑娘说媒。"

禁不住我的软磨硬泡，乌龟精还是硬着头皮下去了，可没过多久，却又屁滚尿流地跑了上来。

"何事如此惊慌？"

"下……下面有个人！"

"有人就有人呗，他还能吃了你不成？"

"他……他上来了。"

我抬头时正迎上那双金色的眸子，接着两声惊呼同时响起。

"是你？"

7.0

很久之后我才知道，昊是丢了仙籍，所以才被贬下凡间，但那时我只以为他是来人间游历，便像条跟屁虫一样跟着他。

"你跟着我干什么？"

"报恩。"

"报什么恩？你救我一命，我救你一命，不正好是一报还一报吗？"

我摸了摸脑袋，有些不好意思："其实那天我若是不动，你肯定也不会被那黑豹伤到，算下来还是我欠你的。"

"原来如此，那你给我一条鱼吧。"

我虽然好奇他为什么要一条鱼，但还是潜入海中给他抓了一条鱼。

"这样我们就两清了。"

"怎么可能？"我大惊失色，"你的恩情，我顶多才还了千分之一。"

"是吗？"他转身，"那劳烦你再给我抓九百九十九条鱼。"

我灵机一动："你看这鱼，膘肥体壮，就算我们物产丰饶的东海，一年也只能产一只。"

"哦。"他面无表情。

"这人间你还没好好看过吧，那就让我带你看看。"我向他伸出手。

昔日骄傲的金甲少年破天荒露出疑惑的神色，然后握住了我的手。

光阴如箭，岁月如梭，八百年转瞬即逝。这八百年间，我的父亲将龙王之位传给了我。

昊在东海之滨盖了间草屋，时常坐在悬崖旁喝酒看海。我总藏在海浪里偷看，等到被他发现时便现出原形，然后再一起坐在悬崖上喝酒。

"没想到你这条小蛇居然是东海龙王。"

"我也没想到，昔日的天庭神将居然会像个渔夫似的喝酒。"

那时的我本以为这样的时光还会持续百年千年。

那一日我正就着少见的红霞在东海之滨与昊喝酒。

忽然间风声大作，天地仿佛完全塌陷，无数仙人从天上坠落，随之而来的是铺天盖地的妖魔。

几个满身是血的仙人找到了昊。

"天帝已死，天庭被不知何处来的妖魔攻破，三界岌岌可危。"

"我们已无路可去。"

他们没再说什么，可那沉重的气氛却坠得人心累。

昊沉默了一会儿，涩声开口："我得走了，这间草屋，请你替我照看。"

"你何必如此，你既然已经被贬下凡尘，我东海自然会护你周全。"我叹了口气。

他摇了摇头，露出一个笑容："这些年多谢你照顾，我这身骨头懒散了八百年，再不动，怕是要生锈了。"

他向我点了点头，凌空而起，白色长衫片片碎裂，展露出隐藏了数百年的金色战甲。

就像一柄尘封已久的利剑突然出鞘，昔日天庭神将的眼底爆发出金色的火焰，以一往无前之势，冲入了妖魔的洪流之中。

"天庭战神昊，誓死不退！"

"天庭旧部，战！战！战！"

我叹了口气，水面上不知何时，已经聚集了闻声而来的族人。

我现出庞大的真身，发出震天的龙鸣。

"我族儿郎，随我上阵杀敌。"

那几年的战斗极为惨烈，妖魔、龙族、仙人的血从天空中洒落下，将焦土似的大地染得一片鲜红。

最后一场战役后，上千龙族的血脉凝结成封印妖魔的大阵，将剩下的妖物全部镇压于东海之眼。

我与昊坐在崖边相顾无言，良久之后，不知道是我还是他轻轻发出了一声叹息。

那些生还的仙人捧着同袍的尸体，沉默地站在四周。

"天庭不可一日无主，请昊正神暂司天帝之位。"

我转头看他，他低着头，似乎在做着什么难以权衡的抉择。

许久之后，他还是起了身。

"你和我一起走吗？"他向我伸出手。

我愣了一下，苦涩的心绪顿时充溢全身。

"我还是留在东海吧，我的族人都在这里，我对天庭也着实没好感。"

"好。"他转过身，没有再回头，"请代我守护东海之眼。等我重建天庭，便会回到此处，为天下龙族正名。"

"再见。"我轻轻说这句的时候，确实以为还可以再见。

摇摇欲坠的天庭在新任天帝的手里并未分崩离析，而是如野火一般从废墟中迅速崛起。昊不知付出了什么样的代价，竟说服了昆仑山上的隐世仙人，保三界万年不陨。

在妖族的夹缝中求生的人族在这片荒凉的大地上迅速崛起。

之后就是数千年的繁华盛世。

我总会让乌龟精代我去崖边的草屋看看。

可他再也没有回来过。

天地还是我幼年时的天地，这东海却早已换了模样。

因为镇压了太多的妖魔，海底开始龟裂，冒出滚烫的岩浆，每到夜深时，就会传来无数惨厉的哀叫。我和我的族人守护在这里，等待着重见天日的那一天。

十年，百年，千年。海底的阵法被时间腐蚀，又被一根又一根拔地而起的石柱加固，根根石柱渐渐组成了所谓的龙宫。

我没等来那个人，只等来了生老病死，和族人日益滋长的怨念。

"何不带领海底妖族杀上天庭，搅他个天翻地覆？"我在深夜听到妖魔的呢喃在耳边萦绕。

"滚。"我怒吼。

"你不敢？"妖魔的私语仿佛嘲笑。

笑我龙族囚于无底深渊千年，笑我深情一片然所托非人，笑我天生傲骨，却沦为人臣。我想起千年前的时光和他那明亮的眸子，努力摇头将脑海中的杂念尽数驱除，声声低吟被埋葬在鱼群与海浪声中。

"我不愿。"

千年前，三十三重天，凌霄宝殿。

身着金色龙袍的新任天帝正与一位青衣道人对弈。

"我可保天庭千年无忧，三界万年不损，可这对我又有什么好处？"

天帝白子落盘："这摇摇欲坠的天庭，还能给你什么呢？"

青衣道人饶有兴致地看了这位年轻的天帝一眼："我最近炼丹正缺药引，我听说东海之眼还有一群龙族，这太古妖种，正是炼丹的好材料。"

最后一场战役后，上千龙族的血脉凝结成封印妖魔的大阵，将剩下的妖物全部镇压于东海之眼。

我与昊坐在崖边相顾无言，良久之后，不知道是我还是他轻轻发出了一声叹息。

那些生还的仙人捧着同袍的尸体，沉默地站在四周。

"天庭不可一日无主，请昊正神暂司天帝之位。"

我转头看他，他低着头，似乎在做着什么难以权衡的抉择。

许久之后，他还是起了身。

"你和我一起走吗？"他向我伸出手。

我愣了一下，苦涩的心绪顿时充溢全身。

"我还是留在东海吧，我的族人都在这里，我对天庭也着实没好感。"

"好。"他转过身，没有再回头，"请代我守护东海之眼。等我重建天庭，便会回到此处，为天下龙族正名。"

"再见。"我轻轻说这句的时候，确实以为还可以再见。

摇摇欲坠的天庭在新任天帝的手里并未分崩离析，而是如野火一般从废墟中迅速崛起。昊不知付出了什么样的代价，竟说服了昆仑山上的隐世仙人，保三界万年不陨。

在妖族的夹缝中求生的人族在这片荒凉的大地上迅速崛起。

之后就是数千年的繁华盛世。

我总会让乌龟精代我去崖边的草屋看看。

可他再也没有回来过。

10.0

　　天地还是我幼年时的天地，这东海却早已换了模样。

　　因为镇压了太多的妖魔，海底开始龟裂，冒出滚烫的岩浆，每到夜深时，就会传来无数惨厉的哀叫。我和我的族人守护在这里，等待着重见天日的那一天。

　　十年，百年，千年。海底的阵法被时间腐蚀，又被一根又一根拔地而起的石柱加固，根根石柱渐渐组成了所谓的龙宫。

　　我没等来那个人，只等来了生老病死，和族人日益滋长的怨念。

　　"何不带领海底妖族杀上天庭，搅他个天翻地覆？"我在深夜听到妖魔的呢喃在耳边萦绕。

　　"滚。"我怒吼。

　　"你不敢？"妖魔的私语仿佛嘲笑。

　　笑我龙族囚于无底深渊千年，笑我深情一片然所托非人，笑我天生傲骨，却沦为人臣。我想起千年前的时光和他那明亮的眸子，努力摇头将脑海中的杂念尽数驱除，声声低吟被埋葬在鱼群与海浪声中。

　　"我不愿。"

11.0

　　千年前，三十三重天，凌霄宝殿。

　　身着金色龙袍的新任天帝正与一位青衣道人对弈。

　　"我可保天庭千年无忧，三界万年不损，可这对我又有什么好处？"

　　天帝白子落盘："这摇摇欲坠的天庭，还能给你什么呢？"

　　青衣道人饶有兴致地看了这位年轻的天帝一眼："我最近炼丹正缺药引，我听说东海之眼还有一群龙族，这太古妖种，正是炼丹的好材料。"

仙帝的手指轻轻颤了一下，缓缓落子。

"东海龙族背负着镇压世间妖兽的重任，已有仙职。"

"此事好说，我自有办法，可这龙族不除，人间便若有利剑倒悬，日后绝无宁日。"

棋盘上黑子将白子步步紧逼，已经形成屠龙之势。

"这皇袍画龙，你还是第一个，可我不喜欢。"

"你想要什么？"天帝执子的手无力下垂，白子落在地上发出脆响。

"千年后，封神大计将启，一步都不能出错，这三界我来守，天庭的亏空也会由我助你补足，可我要你这千年，不得走出天庭一步。"

"知道了。"天帝木然地回答。

青衣道人头也不回地挥袖而去，只留黄袍的君王对着棋盘独坐。

许久之后。那个孤寂的身影，一步一顿地走上玉阶，终于在凌霄宝殿的最高处停下。

他拂袖转身，在这天地的顶点坐下，世间万物在眼前尽数展开。可他那双金色眼眸里的火焰却已经熄灭，眼底只剩一片暗涌的波光。

那是黑如囚笼的深海。

他在那里看了千年，却再没能遇见。

END ✉

世人常说一眼万年，你于我又何尝不是呢。

255

图书在版编目（CIP）数据

真相是真 / 西皮主编.
一武汉：长江出版社，2020.5
ISBN 978-7-5492-6903-7

Ⅰ.①真… Ⅱ.①西… Ⅲ.①短篇小说－小说集－中
国－当代 Ⅳ.①I247.7

中国版本图书馆CIP数据核字（2020）第050405号

真相是真 / 西皮主编

出　　版	长江出版社	
	（武汉市解放大道1863号　邮政编码：430010）	
选题策划	漫娱　刘伊思梦	
市场发行	长江出版社发行部	
网　　址	http://www.cjpress.com.cn	
责任编辑	罗紫晨	
特约编辑	李苗苗	
总 编 辑	熊嵩	
执行总编	罗晓琴	

画　　手	熊柏　词申	开　本	880mm×1230mm 1／32
装帧设计	肖亦冰	印　张	8
印　　刷	中华商务联合印刷（广东）有限公司	字　数	174千字
版　　次	2020年5月第1版	书　号	ISBN 978-7-5492-6903-7
印　　次	2020年5月第1次印刷	定　价	38.80元